Concentração

Ricardo Lísias

Concentração
e outros contos

ALFAGUARA

Copyright © 2015 by Ricardo Lísias

Todos os direitos desta edição reservados à
Editora Objetiva Ltda.
Rua Cosme Velho, 103
Rio de Janeiro — RJ — Cep: 22241-090
Tel.: (21) 2199-7824 — Fax: (21) 2199-7825
www.objetiva.com.br

Capa
Retina_78

Revisão
Cristhiane Ruiz
Ana Kronemberger
Raquel Correa

Editoração eletrônica
Abreu's System Ltda.

CIP-BRASIL. CATALOGAÇÃO-NA-FONTE
SINDICATO NACIONAL DOS EDITORES DE LIVROS, RJ

L753c
    Lísias, Ricardo
        Concentração: e outros contos / Ricardo Lísias. – 1. ed. – Rio de Janeiro:
    Objetiva, 2015.
        270p.

        ISBN 978-85-7962-366-0

        1. Ficção brasileira. I. Título.

14-18372
                                                                                                                               CDD: 869.93
                                                                                                                              CDU: 821.134.3(81)-3

Sumário

Evo Morales	9
Dos nervos	29
Tólia	63
Autoficção	77
Fisiologias	91
Fisiologia da memória	93
Fisiologia do medo	101
Fisiologia da dor	111
Fisiologia da solidão	121
Fisiologia da amizade	129
Fisiologia da infância	143
Fisiologia da família	153
Concentração	173
Anna O.	203
Diário de viagem	221
Capuz	237
Nota sobre os textos	269

para Andressa Senna

Evo Morales

1

Quando tomei café com Evo Morales pela primeira vez, ele ainda não tinha sido eleito presidente da Bolívia e eu, muito menos, havia conquistado o título de campeão mundial de xadrez. Lembro perfeitamente da situação: minha mãe estava voltando da Austrália, para onde tinha ido visitar meu irmão. Ela chegaria ao Brasil através de uma conexão na cidade de Buenos Aires. Um pouco antes do horário marcado para o desembarque, descobri que o voo da minha mãe atrasaria quase duas horas. Resolvi tomar um café para passar o tempo. No balcão, quando estava para pedir a segunda xícara, notei um tipo curioso ao meu lado.

Vestindo uma capa típica dos povos indígenas da América do Sul, um gordinho todo simpático se engraçava com a funcionária do café. Constrangida, a moça deu um jeito de desaparecer. Não restou alternativa ao conversador e, então, ele quis saber para onde eu embarcaria. Expliquei que aguardava minha mãe e, em seguida, emendei a pergunta: e o senhor, é do Peru?

Notei que ele compreendia bem o português. Não, Evo respondeu, sou boliviano. Como se adivinhasse minha curiosidade (lembro muito bem até hoje), disse que pretendia concorrer à Presidência da República e tinha vindo ao Brasil reunir-se com alguns líderes dos movimentos sociais. Evo parecia especialmente impressionado com os trabalhadores sem-terra. Recordo-me de como sorriu ao citar o assentamento que visitara.

Perguntei mais duas ou três coisas e depois nos despedimos. Estava na hora de Evo embarcar. Contei a história para minha mãe e ela confirmou que também sempre encontra algum maluco quando viaja de avião. As pessoas ficam mais confusas em um aeroporto.

Dois anos depois, lembro-me bem, levei um susto ao ver a imagem de Evo Morales na televisão. Meu amigo tinha se tornado o primeiro presidente indígena da história da Bolívia.

2

Cruzei com Evo Morales pela segunda vez na área de trânsito do Aeroporto Charles de Gaulle, em Paris. Eu estava indo para Moscou, onde tomaria um voo doméstico com destino à pequenina Khanty-Mansiysk, para disputar a Copa do Mundo de Xadrez. Meu ilustre amigo voltava de uma reunião na França mesmo.

Evo me reconheceu. Foi ele que acenou de dentro do café, lembro-me bem. Quando entrei, depois de felicitá-lo pela vitória na eleição, brinquei dizendo que ele tem um dos pré-requisitos fundamentais para um bom jogador de xadrez: a memória. Evo respondeu, rindo, que não sabia sequer mexer as peças. Prometi ensiná-lo no nosso próximo encontro. Meu amigo se animou e disse pretender, desde a posse, dar muito apoio aos esportes na Bolívia.

De repente, notei como me sentia bem na presença dele e fiquei um pouco triste. Agora, como presidente da Bolívia, o senhor só vai andar de avião exclusivo. Evo riu e me disse que a Bolívia não tem condições de manter um luxo desses. Um privilégio assim, só para países como o Brasil, completou.

Meu amigo, porém, queria saber mais sobre a minha profissão. Expliquei que, muito novo, comecei a jogar xadrez porque, segundo uma psicóloga, um esporte ajudaria a resolver meu problema de timidez. Eu era muito sozinho, não conseguia me enturmar na escola e preferia passar o tempo brincando fechado no quarto. Se saísse para jogar, seria obrigado a manter contato com outras pessoas.

Meus pais, então, tentaram o futebol, lembro-me bem, e depois o basquete, por causa da minha altura. Foi meu avô, um imigrante libanês que enriqueceu com a venda de tecidos e a criação de várias tecelagens, que me ensinou a mexer as peças e, na mesma hora, notou meu enorme talento. Logo, comecei a ter aulas e com nove anos participei da primeira competição.

Evo se mostrou o tempo todo interessado na história e, quando nos despedimos, desejou-me boa sorte e disse que no próximo encontro gostaria de aprender a jogar. Acho que ele falava sério.

3

O voo até Moscou foi tranquilo. Revisei no computador algumas linhas da abertura que pretendia jogar contra o meu primeiro adversário, um jovem romeno que despontava como grande promessa mas que, naquele momento, todos sabíamos que teria grande dificuldade para me enfrentar. Eu o enxergava com simpatia, talvez porque ele lembrasse os meus primeiros tempos de Mestre Internacional.

Depois, no resto da viagem, dormi. Acordei com a capital russa à minha esquerda. O desembarque foi rápido e, lembro-me bem, não demorei a encontrar no saguão o treinador Mark Dvoretsky, com quem eu passaria três dias antes de embarcar para Khanty-Mansiysk.

Mesmo sabendo que não iria encontrá-lo, a cada cinco metros eu olhava para o lado para ver se não avistava Evo Morales. Achei por duas vezes tê-lo reconhecido, mas logo depois meu engano se revelava. Latino-americanos andam por toda parte, os dois incidentes me demonstraram, até no gelado estacionamento do Aeroporto Domodedovo de Moscou.

Dvoretsky notou que eu não estava disposto a conversar e, naquele inglês capenga que o torna ainda mais engraçado, apenas perguntou se eu tinha engordado. Estranhei e ele se justificou dizendo que eu parecia um pouco mais bochechudo.

Já no apartamento dele, antes de finalmente cair na cama, notei que de fato minhas bochechas tinham crescido um pouco. Não dei muita atenção, porém. No dia seguinte, Dvoretsky disse que o inchaço delas devia ser o responsável pelo notável progresso que meu xadrez teve desde a nossa última sessão de treinamento. Segundo ele, minha capacidade de análise aumentara ainda mais. Seria difícil não vencer a Copa do Mundo. No final do dia, apesar do frio, insisti para irmos tomar café em algum lugar.

4

Evo Morales não estava no café a que Dvoretsky me levou. Abatido, resolvi me conformar e canalizar toda a minha energia para a Copa do Mundo. Seriam sete rodadas, com duas partidas cada uma.

Eu, de fato, era um dos favoritos. Tive certeza de que venceria, porém, quando fiz dois a zero no simpaticíssimo Vassily Ivanchuk, a lenda ucraniana do xadrez. Quem entende de esporte sabe que confiança é fundamental. Os vencedores, além disso, compreendem muito bem um tipo especial de sentimento: em algum momento da competição, a gente sabe que vai ganhar. Com a derrota, a história é bem outra. Em todas as vezes que perdi, descobri só na hora mesmo.

Depois de Ivanchuk, passei sem muito problema por um Topalov fora de forma e enfrentei na final o armênio Levon Aronian. A primeira partida foi muito tensa. Consegui salvar um final inferior e empatamos. Na segunda, quando teria as peças brancas, não tive problemas para consolidar a posição e, lentamente, venci.

À noite, no hotel, mais uma vez pude confirmar que se o xadrez resolveu meu problema de sociabilidade, a solidão continuou comigo. Telefonei para a minha família, que comemorou com toda sinceridade. Minha irmã tinha visto o resultado na internet e minha mãe, que sempre fez tudo para me ajudar, chorou outra vez. Depois, mandei três ou quatro e-mails para o pessoal no Brasil que sempre me ajuda, atendi a ligação do Dvoretsky e, por fim, terminei sozinho.

Quando a gente se acostuma, a solidão deixa de ser triste. É uma situação como, por exemplo, sentir frio: é preciso apenas contorná-la. As pessoas experientes sabem que o ideal — tanto no caso do frio quanto no da solidão — é se enfiar debaixo dos cobertores até dormir ou, ao contrário, levantar e se movimentar. Quem tem tendência à depressão, porém, jamais deve usar o primeiro recurso. Não é o meu caso. Eu poderia simplesmente pegar um livro, deitar e, em pouco tempo, cairia no sono. Mas resolvi me aventurar no frio de Khanty-Mansiysk atrás de um café.

<h1 style="text-align:center">5</h1>

Khanty-Mansiysk parece uma dessas cidades russas formadas por casinhas de boneca. Tudo é muito delicado, arrumadinho e enfeitado. Dá para perceber que a população sente orgulho das ruas e se esforça para preservá-las. Por enquanto, a cidade está livre da decadência que atingiu grande parte do território russo depois do fim da União Soviética. Como não tem nada de muito importante, nenhum porto, nenhuma reserva mineral significativa e muito menos uma localização geográfica estratégica, acho que Khanty-Mansiysk vai continuar assim por muito tempo.

O porteiro do hotel estranhou quando eu disse que pretendia sair: o frio lá fora está quase insuportável e podemos servir o senhor aqui mesmo, no restaurante ou no quarto. Insisti e ele me ensinou como chegar ao único café da cidade.

Não era muito longe mas, de fato, não dava para admirar o caminho. O inverno russo, além das temperaturas glaciais, tem um barulho esquisito à noite. Fui quase correndo.

O café não estava exatamente vazio, mas não posso dizer que encontrei muita gente. Dois velhos jogavam xadrez em um canto, três homens deviam estar tramando alguma falcatrua (na Sibéria circulam vários traficantes de armas) e um improvável casal de jovens namorava no balcão. Não encontrei Evo Morales.

Pedi uma sopa, que logo foi servida acompanhada por uma quantidade enorme de pão. Quando eu estava na metade, notei que a TV anunciava a minha vitória na Copa do Mundo. Sei um pouco de russo e me alegrei quando o apresentador elogiou a paciência com que venci a última partida contra Aronian. Ninguém ali, porém, reparou que era eu o campeão. Só o homem por trás do balcão olhava para o aparelho de TV. Logo, o rosto de Vladimir Putin substituiu o meu na tela. A solidão também faz com que nossas vitórias sejam melancólicas. Às vezes, nem parece que sou o melhor jogador de xadrez do mundo.

6

Entre a Copa do Mundo e o Torneio de Candidatos, eu teria quase três meses para me preparar. Dvoretsky me convidou para ficar em Moscou. Ele é o melhor treinador do mundo (ninguém precisa dizer), mas resolvi voltar para o Brasil. No aeroporto de Paris, lembro-me bem, tomei várias xícaras de café, em todos os lugares onde dá para fazer isso, mas não cruzei com Evo Morales.

No voo para o Brasil, encontrei uma garota que desde o tempo dos torneios escolares me assedia. Ela, naturalmente, cumprimentou-me com toda emoção pela vitória na Copa do Mundo. Quando chegamos ao aeroporto, sugeriu que tomássemos o mesmo táxi. Cheguei a considerar a hipótese de convidá-la para passar o resto da noite comigo. Desisti logo.

Fiquei duas semanas em São Paulo e, meio abruptamente, resolvi completar minha preparação em Buenos Aires. Três dias depois, lembro-me bem, cruzei por duas vezes todo o Aeroporto de Ezeiza. Não encontrei Evo Morales. Cheguei a pensar que eu estava certo quanto ao avião presidencial. Agora, ele não circularia mais na área para passageiros comuns.

Decepcionado, voltei alguns dias depois para o Brasil. Percebi que tinha perdido quase um mês indo para cima e para baixo. Eu era o favorito no Torneio de Candidatos. Mesmo assim, não seria fácil: meus adversários, alguns dos jogadores mais fortes do mundo, costumam render bem mais quando o que está sendo decidido é o direito a desafiar o campeão mundial. Eu era o número um do ranking, mais ainda faltava obter o título principal. Vladimir Kramnik continuava sendo o rei.

Passei os dois meses seguintes fechado no Brasil. Mais uma vez, depois, resolvi não levar nenhum assistente comigo. Embarquei bastante confiante para o México, que sediaria o torneio, e a certeza da minha vitória só aumentou quando vi Evo Morales acenando para mim no saguão do aeroporto, logo depois do meu desembarque.

7

Eu e meu grande amigo Evo Morales conversamos por quase duas horas. Depois de me cumprimentar, de muito bom humor, ele disse que minhas bochechas pareciam maiores. Dei risada. Para não aborrecê-lo, resolvi não responder, mas Evo é o cara mais bochechudo que já vi no mundo.

Falamos um pouco sobre a minha vitória na Copa do Mundo. Fiquei feliz quando ele me disse que ficara sabendo. Notei que um de seus assessores parecia também muito interessado na nossa conversa. É que ele sabe jogar, Evo me explicou. Contei como foram as partidas, revelei minha estratégia e minha enorme confiança pela vitória agora no Torneio de Candidatos.

Evo fez que sim com a cabeça. Vou ter um amigo campeão do mundo! Pude, então, confirmar que de fato eu me sentia muito bem na presença dele. Se eu realmente conseguir ser o desafiante ao título mundial, gostaria muito que o senhor fosse assistir a pelo menos uma ou duas partidas da disputa pela coroa. Bom, mas o Lula não vai ficar com ciúmes?

Respondi sem a menor amargura que o Brasil nunca apoiou o xadrez. Aliás, com exceção do futebol, nunca tivemos estrutura de base para nenhum esporte. Evo fechou a cara, fez uma expressão séria e perguntou como, então, eu tinha me tornado um dos jogadores mais fortes do mundo.

Expliquei-lhe que a partir de certo nível o talento individual é determinante no xadrez. Mas e para chegar lá? Sem muita vergonha, lembro-me bem, respondi que minha família é rica. Meu avô ganhou muito dinheiro com várias tecelagens. Em São Paulo, muitos bolivianos são escravizados nesse tipo de fábrica. Na mesma hora, Evo olhou feio para o assessor. Suas bochechas ficaram vermelhas. Minha família não tem mais esse tipo de negócio. Hoje, vivemos de aplicações e da compra e venda de imóveis. Ao se despedir, Evo me desejou de novo muito boa sorte e disse que gostaria de me ver ajudando a implantar uma estrutura de base para o xadrez na Bolívia.

8

Venci o Torneio de Candidatos sem muita dificuldade. Ao contrário do que esperava, Alexei Shirov foi quem mais me deu trabalho. A certa altura, achei que perderia. Não analisei com calma (muito menos coloquei no computador até hoje), mas acho que, quando entramos no apuro de tempo, ele estava com a partida ganha. Lá pelas tantas, com uns cinco segundos para fazer três lances, Shirov cometeu um erro e acabou perdendo dois peões de uma vez só.

Notei que, depois do torneio, minhas bochechas de fato tinham ficado um pouco maiores. Deve ser influência do Evão.

Quando voltei ao Brasil, recebi a notícia de que uma empresa europeia de telecomunicações gostaria de patrocinar minha preparação para a disputa pelo mundial. Minha única obrigação seria passar o último mês de treinamento na Espanha. Aceitei na mesma hora e combinei que Dvoretsky me acompanharia tanto na preparação quanto durante a disputa. Ele topou, feliz com a oferta.

No Brasil, dei duas ou três entrevistas e depois me concentrei na preparação. Kramnik nunca foi um adversário fácil para mim. Como ele tinha a vantagem do empate, o treinamento precisaria ser ainda mais intenso. Mas eu não queria deixar de lado meu compromisso com a Bolívia. Por isso, mandei um e-mail para o endereço que achei no site oficial da presidência. Como não recebi resposta, resolvi enviar um telegrama para Evo no palácio de governo em La Paz. Passaram dois meses e ele não me respondeu. Decidi, então, fazer uma viagem de uma semana à Europa. Um descanso.

Amigo Evo venci torneio candidatos serei desafiante bochechas crescendo sem tempo mas penso montar estrutura xadrez Bolívia juntos descobriremos campeões venha amigo ver disputa título Alemanha julho até café amigão

9

Dvoretsky aprovou a minha viagem. Seria uma semana de descanso passeando primeiro em Madri e, depois, Paris. Insisti que deveríamos interromper o treinamento por dez dias, e não apenas sete, e ele, agora a contragosto, aceitou. Desembarquei no aeroporto de Barajas, em Madri, às oito horas da manhã. Os cafés estavam todos muito cheios. Mesmo assim, procurei Evo Morales em cada um deles. Ao meio-dia, resolvi comer alguma coisa e dar um tempo para o meu amigão desembarcar. Enquanto ele saía do avião, chequei meus e-mails. Às quatorze horas fui encontrá-lo mas, outra vez, ele não estava em nenhum dos cafés do aeroporto. Procurei-o nos restaurantes, em todas as lojas e até nos banheiros. O pior é o peso que aparece aqui embaixo do peito. Arranjei, então, um voo às dezenove horas para Barcelona, pois ouvi dizer que Evo tinha ido para lá. Às vinte e três horas, porém, e olha que tenho excelente memória, comecei a achar que talvez tivéssemos nos desencontrado. Evo Morales é meu amigo, expliquei para o rapaz que controlava o portão de embarque, mas ele disse que eu só poderia entrar com uma passagem na mão. E no horário certo. Disso também me lembro bem. Voltei aos guichês, mas Evo não apareceu. Então eu encontraria o meu melhor amigo só em Paris mesmo. Mas minha passagem para a capital francesa era via

Madri. E eu lembro muito bem, tinha ido para Barcelona tomar um café com o Evão. Mas ele acabou tendo um contratempo e marcou um novo encontro em Paris. Eu me recordo muito bem: há muitos voos entre Barcelona e Paris. Naquela noite, eu me lembro, descobri diversos. Consegui uma passagem para as quatro da manhã, o que me deixou um pouco apreensivo. Mas Evo é um amigo de verdade: ele com certeza ficaria me esperando em Paris. Por via das dúvidas, procurei-o um pouco mais pelo Aeroporto de Barcelona mesmo. Antes do meu, vi no painel de embarque, sairia um voo para Londres. Depois que eu embarcasse, vi no painel de embarque, o voo seguinte partiria para Roma. Nem Londres nem Roma, recordo-me bem: vou encontrar meu melhor amigo em Paris!

10

Evo, acho que você não recebeu o telegrama que mandei semana passada, se bem me recordo. Expliquei exatamente para minha mãe o que fazer. Mas ela deve ter se enganado. Tenho quase certeza. Vou escrever agora uma carta mais longa. Minha mãe prometeu mandá-la pelo DHL. Vai chegar mais rápido assim. Também é mais seguro. Acho que nos desencontramos em Paris. O amigo compreende. Tive um problema em Barcelona e o pessoal insistiu em me mandar para Roma. Não aceitei, se bem me recordo, mas a confusão atrasou meu embarque. O amigo deve ter ficado preocupado. Tentei avisar, só que no Aeroporto de Barcelona o serviço de informações de fato não é dos melhores. O amigo sabe quanto gosto dos nossos cafés. Só mesmo um motivo muito forte para me fazer perder a oportunidade de conversarmos.

Como atleta, sempre participei de competições, estive em eventos e pude conhecer muita gente. Não posso reclamar de solidão. Mas os verdadeiros amigos, você sabe, esses a gente não encontra em qualquer lugar. Não esqueci, se bem me recordo, do meu compromisso com o xadrez boliviano. Logo devo sair daqui. Então faço novo contato. O amigo ficará com orgulho de me ver com as bochechas no lugar. Elas estavam muito grandes. Minha mãe me internou para me operarem. Nada de grave, não quero trazer preocupação. Não precisa vir me visitar. A menos que você realmente ache muito necessário. Claro que não vou me opor. Mas logo recebo alta, se bem me recordo um pouco depois da operação. Então, Evo, poderemos tomar um café juntos e ver a questão do xadrez na Bolívia, não esqueci. Se o amigo estiver com muita pressa, aí talvez uma visita seja útil. Podemos começar a pensar no que fazer ainda antes da minha operação. Mas sem pressa. Não quero incomodar você. E ainda tem outra coisa. Eu sei que com o amigo não preciso ter cerimônia, mas o café daqui é muito ruim. Não é nenhum aeroporto, o amigo compreende, mas é lógico que uma conversa com o amigo já seria fantástica, se bem me recordo.

11

Meu caro Evo, sei que escrevi faz pouco tempo e que você, também, não deve ter tanta disponibilidade para responder cartas. É normal para um presidente da república. Resolvi mandar outra carta para não deixá-lo preocupado, já que acho que não fui muito claro na primeira. Eu não estava querendo dizer que uma visita seria um incômodo. Pelo contrário. Minha intenção era dizer que o amigo não deve ficar preocupado caso desembarque em algum aeroporto e não me encontre. Ficarei aqui até operarem as minhas bochechas. Elas incharam demais e minha família resolveu tomar uma atitude. Se dependesse de mim, eu não faria nada. Acho, cá entre nós, que estão exagerando. Mas, depois do nosso desencontro em Moscou, resolvi não contrariá-los. Inclusive, relaxo bastante aqui. Para dizer a verdade, é um lugar muito tranquilo, apesar de alguns outros pacientes, também aguardando uma operação, às vezes se tornarem desagradáveis, se bem me recordo. Mas é isso: o amigo não precisa se preocupar. Se quiser vir, uma visita seria magnífica. Lembro-me muito bem até hoje da nossa primeira conversa. Não sei se fui muito explícito ao dizer o quanto gostei de La Paz. É que eu estava impressionado com a sua humildade. Um presidente da república viajando em um voo de carreira! Nunca vou me esquecer de você dizendo: o amigo tem que voltar. O centro histórico de Potosí é imperdível. Estávamos quase pousando em São Paulo. Prometi que sim, tão logo pudesse, retornaria à Bolívia para visitar todos os lugares que você tinha acabado de me descrever. Por favor, desculpe-me. Não fiz isso até hoje. Pretendo cumprir minha promessa logo que sair daqui. Inclusive, minha mãe me trouxe ontem um paletó muito parecido com os que você usa. Vou guardá-lo para quando voltar a La Paz. Sinto muitas saudades das nossas conversas e também do café. Cá entre nós (coisa de amigo para amigo), o que fazem aqui é péssimo.

12

Amigo Evo, tudo continua na mesma. Minha operação ainda não foi marcada e ontem minha mãe disse que talvez seja preciso aguardar mais um pouco. Tudo bem. Não ligo muito de ficar aqui. Para dizer a verdade, sinto-me um pouco entediado. Tenho um quarto só para mim e posso andar por onde quiser. Inclusive no jardim. Só não me permitem sair à rua. Não sinto vontade de conversar com os outros pacientes. Sempre que digo que estou com problemas na bochecha, eles imediatamente olham para o meu rosto. Depois, confirmam que elas cresceram demais. Como se eu precisasse saber. Alguns têm dificuldade para falar. Provavelmente, aguardam para operar a garganta ou a língua. Tenho certeza de que dois ou três pacientes estão aqui por razões psiquiátricas. Fico com um pouco de pena. Mas não é isso que causa um peso enorme embaixo do meu peito. Às vezes não tenho vontade de levantar da cama por causa dele, se bem me recordo. Outro dia, pela primeira vez, tive um pouco de falta de ar. Talvez seja o isolamento. Você sabe, nunca fui uma pessoa sozinha. A vida toda, participei de torneios, estive em competições de diversos tipos e viajei para cima e para baixo. Tenho tanta facilidade de conviver com as pessoas que, às vezes, chego a fazer amizade em aeroportos. Aqui, minha mãe e meus irmãos sempre vêm me visitar. Mas eles passam apenas algum tempo comigo. Na maior parte das vezes, também, olham-me de um jeito estranho. Meu irmão continua me chamando de mestre. E aí, mestre? Mas sinto que ele ficou diferente. Não quero preocupar você. Vai demorar um pouco, mas não podem me deixar aqui para sempre. Assim que eu operar as bochechonas, vou direto para La Paz. Mando um e-mail avisando o horário do meu desembarque e o número do voo.

13

Meu caro Evo, sinto-me um pouco mais animado hoje. Resolvi levantar-me da cama. Minha mãe me disse que logo devo ver o médico. Talvez até o final dessa semana. Ou na próxima, se estou bem lembrado. Não tenho mais passeado tanto lá fora. No inverno, o jardim não fica tão bonito. À rua, não nos deixam sair. Deve ser por causa deles lá, os que estão aqui por motivos psiquiátricos. Eu vim operar minhas bochechas. Nunca imaginei que uma simples operação plástica exigisse tanto tempo assim de descanso. Tenho ficado deitado. É o que mais faço. Não se trata apenas de um mero relaxamento. Às vezes acordo com um peso muito grande embaixo do peito. No começo. Agora, sempre que ele se torna muito intenso, sinto dificuldade para respirar. Por isso, prefiro ficar deitado. Se encher os pulmões bem lentamente, consigo manter um ritmo razoável de respiração. Só dá certo se me concentrar bastante. Mas esse nunca foi um problema para mim. Não me incomodo nem um pouco de ficar o dia inteiro deitado, já que não nos deixam sair à rua e o jardim agora no inverno não é tão bonito. Mas percebi que isso tem deixado minha mãe bastante aflita. Por falar nela, quero deixar bastante claro que compreendo perfeitamente que você não esteja conseguindo me responder. Não estou magoado. Conversar em um aeroporto, se bem me recordo, é muito melhor, mas não nos deixam sair à rua aqui, enquanto espero a operação plástica para colocar minhas bochechas de novo no tamanho certo. Não estou magoado. Aliás, meu amigo, você que tem as maiores bochechas do mundo, me ouça: se disserem que você precisa se internar para reduzi-las um pouco, enfim, aqui o café é muito ruim, mas, em compensação, podemos ficar conversando.

São Paulo, 4 de dezembro de 2009

Caro Evo Morales:
Você se magoou porque eu o chamei de bochechudo? Peço desculpas. É que sempre pensei que entre os amigos, se bem me recordo, deve haver sinceridade. Por isso, Evo, se você se ofendeu, desculpe. Eu nunca neguei que Deus também me deu bochechas bastante salientes. Mas você, Evo, você é o sujeito mais bochechudo de todo o mundo. Se quiser operar, amigo, escute: aqui não nos deixam sair à rua, no inverno, do mesmo jeito, agora estamos no inverno, o jardim fica parecido com a rua, Evão. Você se ofende se eu chamá-lo assim? Assim: Evão, o bochechudo. Evo Morales, as maiores bochechas do mundo. Evo Morales. Evo Morales. Evo Morales. Bochechão. Bochechão. Bochechão. Pois é, Evão, se vier operá-las. Mas não desejo isso nem para o meu pior inimigo, ainda mais para você que é, o amigo sabe muito bem. Não vai ser ruim, Evão, o dia que você vier operar. Minha mãe disse que vão marcar a data logo. Mas como eu estava dizendo, seu bochechudo, aqui você vai ter muita companhia. Sozinho, sozinho é que você não vai se sentir. Claro, eu sei que existem muitos bochechudos no mundo. Eu mesmo sou um deles. Por acaso neguei alguma vez? Mas não como você, Evo. Sozinho um bochechudo nunca fica, eu aprendi aqui. Sozinho, sozinho, de solidão

aqui ninguém reclama. Eu nunca fui muito sozinho, você sabe, se bem me recordo, Evão. Evo, nunca fui muito sozinho, mas aqui, aqui se bem me recordo a chance de um bochechudo ficar sozinho não existe. Ainda mais você, o rei da bochecha, o bochechão, o cara mais bochechudo que já entrou em um aeroporto, que já tomou café, o Evão. Sozinho, sozinho aqui ninguém se sente, posso te garantir, Evo, isso eu posso te garantir, ainda mais com essas suas bochechas, se você, Evo, me permite: você é o cara mais bochechudo do mundo.

Dos nervos

1

Quando vi a luz acesa e o portão aberto, estranhamente destrancado para aquela hora da noite, achei que de fato eu estava trabalhando demais. Além disso, além de falar sempre que minha obrigação era a de cumprir apenas as oito horas diárias de qualquer expediente normal, minha mãe vivia repetindo, repetindo sem parar, que eu precisava cuidar dos nervos. Às vezes eu chegava a pensar nisso e, lembro-me bem, até mesmo pedi para um amigo o telefone de um especialista. Deve ter sido durante um daqueles fins de semana do mês retrasado. Ninguém precisa achar que eu estava pensando em suicídio. Não ajuda muito. Não ajuda nem um pouco, mas tenho certeza de que minha mãe queria apenas me ajudar quando repetia, ela repetia sempre, que eu devia cuidar dos nervos. Minha mãe é uma dessas pessoas que, quando se convence de uma coisa, começa a repeti-la, e ela repetia o tempo todo, sem parar. Deve ser algum tipo de ilusão: ela repetiu tanto, e repetia sem parar, que depois de duas semanas começou realmente a acreditar que eu estava me tratando dos nervos. Claro, mesmo a convicção dela não foi suficiente para terminar com as repetições, tão frequentes que às vezes me irritavam. Mas ao menos ela parou de me recomendar um tratamento e resolveu repetir, sem parar, que eu devia cumprir todas as instruções do médico. De tanto ouvir, comecei a segui-las à risca. Por isso, por estar seguindo atentamente as instruções do médico, espantei-me tanto ao perceber que tinha esquecido a luz da sala acesa e o portão aberto.

2

Não posso reclamar de tudo: só entrei na faculdade porque minha mãe insistiu muito, e, olha, ela sempre repetia sem parar. Além disso, até mesmo antes do começo do tratamento, ela dizia, muitas vezes, quase o tempo todo, que eu devia prestar muita atenção para não deixar as janelas abertas e a porta escancarada, pois hoje em dia, quase o tempo todo, a gente não sabe mais quando um ladrão pode atacar. Ou coisa pior, ela falava coisas piores. Se eu ouvisse um barulhinho, por menor que fosse, repetia minha mãe, e olha que minha mãe, deveria gritar imediatamente. Isso deixaria o ladrão intimidado e ao mesmo tempo chamaria a atenção dos vizinhos. Prometi, até mesmo para que ela parasse de insistir, minha mãe, que gritaria o mais alto que meu fôlego permitisse. O doutor mesmo garantiu que, nem demoraria tanto, eu ficaria mais calma com o tratamento. Talvez por isso, por causa da insistência da minha mãe, não, por causa do tratamento, eu não tenha gritado. Mas eu deveria sentir medo, pois estava certa de que a luz jamais esqueceria acesa. Nem uma coisa nem outra, disso não tenho a menor dúvida. Muito irritada (o que também me fez perceber que não podia passar mais um dia sem me tratar), entrei quase correndo em casa e fui direto apagar a luz da sala. Mas não devo ter feito isso, pois me lembro de tê-lo visto sentado no lado direito do meu sofá.

3

Não pensei em estupro. Sei que esse era o principal medo da minha mãe, mesmo que ela não repetisse. Ela preferia falar, muitas vezes, em assalto e sequestro. Desde que resolvi morar sozinha, logo depois da defesa da minha tese de doutorado e da minha contratação, minha mãe começou a repetir que mulheres como eu são vítimas fáceis desses bandidos ordinários que se multiplicam por aí. Mamãe falava nisso dezenas de vezes, mas morria de medo, na verdade, de que eu fosse vítima de estupro. Mas ela não falava nisso. Preferia lembrar-me dos assaltos. No entanto, mesmo ouvindo minha mãe repetir tantas vezes, não tive medo de que ele me assaltasse. Assim que o vi, procurei passar na minha cabeça aquele filme que todos temos com a fisionomia dos nossos conhecidos. Não, ele não era um parente distante, não dava aulas comigo na universidade, não era um aluno e muito menos um de meus orientandos, não se parecia com nenhum vizinho e não devia ser um desses amigos do segundo grau que aparecem vinte anos depois. Minha mãe vivia repetindo que eu seria vítima fácil para todo tipo de ladrão. Mas ela tinha medo dos tarados, de algum depravado. Isso ela nunca repetia. Apesar de todas as preocupações da minha mãe, não gritei. Também não apaguei a luz nem saí do cômodo. Assim que tive certeza de que não o conhecia, achei que seria de bom-tom oferecer-lhe uma xícara de café ou alguma coisa para comer. Desde pequena ouço minha mãe dizer que não se deve deixar uma visita na sala: o lugar delas é na mesa da cozinha. Mas ele não quis me acompanhar. Para ser sincera, pareceu incomodar-se com a minha voz.

4

Se tivesse gritado, talvez o matasse de susto. Por sorte, àquela altura, o tratamento já tinha feito muito bem para os meus nervos. Por isso que minha mãe vivia repetindo: minha filha, se você. Aos poucos, enquanto observava o rosto dele, totalmente concentrado, mas ao mesmo tempo calmo e até um pouco divertido, fui colocando minha cabeça em ordem com o tratamento, e concluí que talvez ele fosse, ao contrário do que minha mãe sempre repetia, um ladrão. Um estuprador não agiria com tanta calma. Em vez de gritar, resolvi dizer-lhe que tinha pouca coisa de valor em casa: duas ou três joias baratas, basicamente. Com os livros, ele nem precisava se impressionar, não valiam nada. Até as antologias do dezessete, que nem eram minhas, tinham pouco interesse para um ladrão ordinário. Ele não teria como vendê-las, e sem uma introdução contemporânea os textos quase não tinham sentido. Minha mãe sempre repetiu, falei para ele que não havia necessidade de violência, eu mesma pegaria as joias no fundo do armário. Detesto bagunça na minha casa. Notei, porém, que enquanto falava o rosto dele ia perdendo a calma e assumia uma expressão tensa e um pouco ansiosa. Os traços irreverentes, por outro lado, não o abandonavam. Seria uma agudeza de espírito se eu me calasse, mas minha mãe sempre repetiu que.

5

Levei algum tempo para me acostumar com a situação. Pensei que, como já estava evidente que não seria assaltada nem estuprada, ele deveria aceitar alguma coisa para comer. Ou então tomar um café, só por educação. A propósito, enquanto eu estava concluindo minha tese, minha mãe não se cansava de repetir que, se eu continuasse daquele jeito, logo esqueceria como viver junto com as outras pessoas. Mas não foi por isso que resolvi morar sozinha: na casa da minha mãe, demorava quase duas horas para chegar à universidade. Além disso, só um quarto não era mais suficiente para os meus livros. Por último, comecei a achar ridículo que meus orientandos tivessem de responder a mil perguntas sobre o meu comportamento toda vez que minha mãe atendia ao telefone. Desde aquela época ela insistia muito para que eu fosse me tratar. Certa vez, gritei que eu não era nenhuma marionete e que aquele teatro todo tinha de acabar. Muito calma, mamãe me respondeu que o mundo infelizmente era daquele jeito. A recomendação podia ser tola, é verdade, mas resolvi procurar um médico, até para ver se mamãe me telefonava menos vezes. O telefone tocou como se eu estivesse gritando e ele se levantou imediatamente do sofá. Assustado, mas com gestos muito seguros, o homem olhou-me por um instante e depois saiu correndo da minha casa. Na mesma hora, percebi o risco que tinha corrido e, como se ainda fosse necessário, comecei a gritar.

6

Nas horas que antecedem uma partida importante, Ki prefere não pensar em xadrez. Às vezes dorme, outras se distrai com algum passatempo eletrônico ou, o que é um pouco mais raro, o grande mestre lê um romance como se ainda fosse o calouro do curso de literatura russa. Naquela manhã, contudo, logo depois do café, Ki voltou para o quarto do hotel e pediu à recepção os exemplares dos principais jornais do país. Interessado, não se surpreendeu muito com a notícia de que Mikhail Gorbatchov havia extinguido a União Soviética e criado, com surpreendente rapidez, a Comunidade dos Estados Independentes. Em outra ocasião, Ki pensaria imediatamente no problema da bandeirinha: qual seria colocada no seu lado do tabuleiro? Ele nem sequer chegou a perceber que seu maior constrangimento estava resolvido, pois agora definitivamente ele não representaria a mesma nação de seu principal adversário. Talvez o grande mestre não tenha pensado em nada disso justamente porque prefere esquecer o xadrez durante as horas que antecedem uma partida importante. Aqui, não é preciso repetir, quem não tem boa memória dificilmente passa do décimo lance. Ki divertia-se mesmo tentando imaginar qual seria o futuro dos países do antigo bloco socialista. Com menos habilidade do que conduz as peças do jogo dos reis, previu que a primeira a cair seria a Iugoslávia e que dificilmente a Rússia cederia mais nas reformas econômicas. Aliás, para ele era uma surpresa que alguém ainda não tivesse colocado Gorbatchov em *zugzwang*. O mapa da Europa dançou em sua cabeça, assumindo diversas configurações até que o camareiro invadiu o quarto, ciente da importância do hóspede, para avisar que o motorista insistia no horário. Descendo o elevador, Ki olhou para o rapaz e, com uma rara tranquilidade para aquele momento, teve certeza de que venceria a partida. Saindo logo com um ponto de vantagem, o match não estava garantido, mas dificilmente seu adversário, um puxa-saco convicto dos velhos nomes do Partido, conseguiria alcançá-lo. Satisfeito, o grande mestre ofereceu ao rapaz uma gorjeta muito maior que a normal. Nas mãos do camareiro, aquele dinheiro parecia raciocinar e, mais estranho ainda, de um jeito meio alucinado.

7

Segundo os árbitros da Federação, Ki sentou-se ao tabuleiro com cinco minutos de atraso. O grande mestre não cumprimentou ninguém, nem o seu adversário, moveu com segurança o peão para e4, como era esperado, e acionou com muita calma o relógio, demonstrando que, para ele, cinco minutos não significavam grande coisa. O oponente não chegou a se surpreender nem com o primeiro lance e muito menos com a displicência do outro. Já há alguns anos vários comentaristas vinham dizendo que apenas Ki poderia ameaçar a sua posição de campeão do mundo. Dono de um jogo seguro e cauteloso, avesso a grandes ataques e ousadias imprevistas, o campeão atribuiu o atraso de Ki à imprudência da juventude: quinze anos separavam os dois. Depois de alguns instantes o campeão avançou igualmente o peão até e5 e abriu espaço para que os comentaristas, no salão ao lado (cuidadosamente isolado, pois Ki detestava qualquer tipo de ruído durante suas partidas — ele tinha chegado mesmo a agredir um adversário que, no Torneio de Candidatos, tossira por causa do inverno da Finlândia), previssem que a abertura seria uma Ruy López sem novidades até perto do vigésimo lance. Todo mundo sabia que o campeão, cujo azar atribuíra às peças pretas logo na primeira partida, não arriscaria uma Siciliana, a maior especialidade de Ki. O desafiante, aliás, fez uma imperceptível expressão de gosto e, com gestos bruscos, moveu o cavalo. Só então se levantou, cumprimentou todos os árbitros e assinou os papéis. Apenas para o seu adversário Ki não ofereceu a mão. Mas, com o canto dos olhos, observou que o tabuleiro estava sem as bandeirinhas. Nesse instante as câmeras foram claras ao mostrar seu sorriso: com certeza, além de sua vitória, no dia seguinte os jornais abririam grande espaço para esse detalhe.

8

Passei a noite horrorizada com o meu comportamento. Eu não devia, em hipótese nenhuma, ter dado confiança para aquele homem e muito menos ter sido tão simpática a ponto de oferecer-lhe alguma coisa para comer. Claro, o tratamento está me deixando mais calma. Mas minha mãe sempre fala, às vezes sem parar, que hoje em dia é muito perigoso uma mulher morar sozinha. Depois que concluí o doutorado, fiquei um pouco distraída. Eu que percebi, ela nem precisou dizer. Minha concentração voltou apenas um ano depois, na época do concurso. Com as aulas e os primeiros orientandos, fui ficando de novo mais atenta. Talvez a insensatez tenha sido a moeda de troca, não sei. Mas tenho certeza de que preciso urgentemente procurar um médico. Segundo o padre Vieira, e isso posso falar com toda a segurança, o corpo doente denuncia apenas a distância das chagas do filho de Deus.

Nunca acreditei, não preciso repetir, não preciso repetir, em Deus. Desde o início da adolescência, não tenho nenhum sentimento religioso. O que sempre me atraiu na obra dele, do padre Vieira, não preciso repetir, não preciso, é a estrutura da argumentação. Recusei-me a estudar literatura contemporânea porque acho tudo aquilo simples demais, com exceção do Thomas Pynchon, mas não acredito em fantasmas. Quero saber com quem estou lidando. Quanto ao Romantismo, desse desisti logo de cara: detesto aquela afetação infantil travestida de revolta. Uma molecada meio besta. Odeio crianças. Às vezes as infantilidades dos alunos de graduação me enfastiam. Já os de pós me cansam por causa do discurso repetitivo. Essa gente só consegue falar da pesquisa que está fazendo: padre Vieira, padre Vieira, padre Vieira, Deus que me perdoe.

9

Não sei exatamente se minha mãe se referia a questões sexuais quando resolvia repetir que para uma mulher é péssimo sair de casa antes do casamento e, ainda mais, para morar sozinha. Ela nunca se preocupou muito com falatórios e sempre foi bastante reservada. Acho que jamais a ouvi dizer que isso, ou então aquilo, era pouca-vergonha. Mas que era um perigo ela repetia sempre: era um perigo que uma mulher tão jovem como eu passasse tanto tempo em cima daqueles livros. Desde a época da tese ela insistia para que me. A vizinha devia comentar que eu tinha de arranjar um, mas minha mãe nunca foi tão direta, ela que sempre evitou fazer fofocas e detesta os. Por outro lado, lembro que certa vez, mas não sei se isso pode ajudar em alguma coisa, ela chegou a trancar alguns de meus livros e me recebeu (e olha que eu tinha saído para trepar!) com uma passagem para o exterior. Fiquei muito indignada e ela acabou embarcando no meu lugar. Nunca fui de namorar, devo ter passado aqueles dias. Mas não dispenso uma boa companhia e uma conversa civilizada e inteligente. Se tiver alguma coisa parecida com isso, sou capaz de passar muito tempo sem sexo, a vida toda, talvez. Não que me considere um ser para a morte, inclusive o padre Vieira chegou a dizer que o. Mas acontece que tenho um enorme poder de concentração e prefiro mergulhar fundo nas coisas. Quando isso acontece, também não sei se esse detalhe ajuda, não faço questão de.

10

Agora, consigo entender um pouco melhor: meu profundo gosto pela conversa civilizada e inteligente impediu-me de gritar quando vi aquele rapaz sentado no meu sofá. Não sei se já disse, mas posso repetir, que cheguei em casa, vindo da universidade, e encontrei a porta aberta e a luz da sala acesa. Como estava me tratando, o que para dizer a verdade sempre foi um dos sonhos da minha mãe, vivia muito calma naqueles dias e não gritei. Minha intenção era evitar, também, que as pessoas dissessem que eu estava tendo uma crise histérica. Sempre detestei falatórios e costumo ter apenas conversas civilizadas e inteligentes. O hábito de fofocar que minha mãe cultiva com as vizinhas sempre me deixou irritada. Às vezes eu batia a porta e fechava todas as janelas só para não ouvir aqueles murmúrios. Prefiro a conversa civilizada e inteligente. No tempo em que redigia a tese, inclusive, procurava sempre ir a algum café ou bar tranquilo para falar de livros, filmes e música. Claro, e sobre o padre Vieira. Eu me interessava sobretudo pela questão do gênero: nos mecanismos que diferenciam a fofoca da conversa civilizada e inteligente. Por isso tentava ficar bem quieta para ouvir o que os outros estavam dizendo. Agora compreendo por que ele ficou mudo, deve ter me visto em algum lugar, em algum café civilizado e inteligente, e concluiu que adoro o silêncio.

11

O campeão aguardou alguns segundos, como se estivesse querendo ser gentil e oferecer aos analistas algum tempo para organizar as especulações, e movimentou sem surpresa o cavalo até c6. Impaciente, Ki segurou o bispo com força e o abandonou na casa esperada. De fato, a partida seria uma Ruy López. No auditório ao lado, hermeticamente isolado para impedir que qualquer barulho incomodasse os jogadores — não é preciso repetir que, pois no xadrez dez lances são suficientes para —, os analistas sorriram satisfeitos. Dessa vez Ka decidiu não deixar o relógio correr por muito tempo e avançou o peão da torre. A abertura continuaria classicamente, com certeza nenhum dos dois arriscaria qualquer novidade tão cedo. Apesar disso, um analista que estava de plantão na sala de imprensa chegou a palpitar que talvez Ki, cujo gosto por uma partida aberta e arriscada não era segredo para ninguém, surpreendesse. Se as brancas tomassem o cavalo, uma variante bem conhecida mas pouco praticada pelos grandes mestres, os jornalistas correriam mais cedo para os aparelhos de fax e o auditório se animaria. Mas Ki apenas sorriu e recuou seu bispo para a casa a4. Até aqui, a abertura não surpreenderia o mais inexperiente capivara.

12

Até o décimo lance, os dois enxadristas movimentaram as peças com pequenos intervalos. Na verdade, apenas Ka, o campeão, procurava movê-las com cuidado, observando cada um dos quadrados que elas percorriam, anotando impecavelmente as jogadas na planilha e acionando o relógio do adversário com um movimento bastante calculado. Ki moveu com violência o peão até a quarta casa, conforme manda a variante fechada da Ruy López, e encarou o adversário. Como se não soubesse que deveria mover a torre para e8, o campeão fixou os olhos no tabuleiro e mergulhou em profunda reflexão. O desafiante, que apesar da idade tinha muita experiência em partidas contra adversários de extrema força, sabia que ele estava mesmo tentando calcular qual seria a novidade teórica que teria de enfrentar. Cansado de se levantar e incomodado pelo excesso de luz do banheiro, Ki preferiu aguardar o lance do adversário pensando nas notícias que lera antes de vir para o local da partida. Se as coisas dessem errado e a linha dura do Partido conseguisse virar o jogo, seguramente o campeão faria alguma manobra para manter o título, e ele, que nunca escondera suas posições políticas, ficaria em uma situação difícil. O jeito seria fugir de trem rumo à Finlândia e de lá tentar um recurso junto à Fide. Tranquilizava-o o convite permanente de uma das equipes mais fortes da Europa. A gravidade da situação e o segredo que essas negociações exigem impedem a revelação do nome da equipe, mas pode-se dizer que o clima da cidade, um pouco mais ameno que o de Moscou, agradava muito a Ki.

13

Ki sabia perfeitamente que seu adversário não arriscaria qualquer coisa até ter certeza de suas intenções. O campeão mundial devia de fato ter se surpreendido quando seu desafiante abriu o jogo com uma Ruy López, já que não era novidade para ninguém que o jovem prodígio preferia a Escocesa, mais conveniente para a sua habitual agressividade. Os analistas chegaram a sugerir, enquanto os movimentos não exigiam nenhum esforço de análise (até ali tudo estava plenamente catalogado), que o desafiante teria optado por uma abertura fora do seu repertório para tentar abalar a famosa calma do campeão mundial. São especulações que nunca poderão ser confirmadas, mas Ki com toda certeza estava muito bem preparado. Quando a notícia de que o match havia sido aberto com uma surpresa se espalhou pelo mundo, os aficionados que tinham se reunido nos diversos clubes de xadrez começaram a perceber que, mesmo que ainda demorasse mais alguns lances, certamente uma variante nova começaria a ser discutida. No maior clube de xadrez da Argentina (calle Sarmiento quase esquina com a Florida), porém, dois ou três senhores, exilados na América do Sul por causa dos regimes de exceção que tomaram conta da Europa durante a Guerra Fria, sabiam que muito mais do que novas páginas de teoria estava em jogo naquele momento, apesar da pouca idade do jogador que desafiava o protegido do Partido Comunista. Ki também tinha consciência de que, tendo sua partida reproduzida nos mesmos jornais que informavam a queda das ditaduras socialistas, seu nome de alguma forma ficaria ligado aos acontecimentos. O que ele não sabia era se realmente Gorbatchov teria forças para levar adiante as mudanças. Seu medo era de que, de uma hora para outra, as coisas se modificassem e mais uma vez as perseguições recrudescessem.

14

Apesar da minha mãe, morar sozinha nunca me incomodou. Passo boa parte do meu tempo na universidade e, quando estou em casa, fico lendo ou assistindo a algum filme e sempre termino me distraindo. Nunca senti muita solidão. É verdade que às vezes tenho vontade de sair para ouvir a voz das outras pessoas. Adoro uma conversa civilizada e inteligente. Quando isso acontece, procuro sentar em algum bar civilizado e inteligente e presto muita atenção ao que os outros estão falando. Minha mãe sempre repetiu, e olha que ela, que eu deveria arrumar um namorado, ou sair mais com as minhas amigas. Aliás, continua me falando esse tipo de coisa. Não sei como ela não percebe que tenho duas turmas cheias, uma de manhã e a outra no curso noturno, e mais alguns orientandos. Além disso, se tiver uma conversa civilizada e inteligente, posso passar anos sem sexo, apesar de fazer questão de que minhas companhias sejam. Mesmo com isso, com a civilidade e a inteligência das minhas companhias, não consegui prestar atenção ao filme. O rosto daquele homem sentado no meu sofá não saía da minha cabeça. Sei que minha mãe costuma telefonar nas piores horas, mas ela sempre repete que eu preciso me tratar dos nervos. Que não posso. Já de madrugada, quando tinha certeza de que minha mãe não telefonaria mais, conversas civilizadas e inteligentes, saí até o portão e fiquei algum tempo olhando a esquina. O bairro onde moro é muito tranquilo, dos nervos. De repente tive a ideia de retirar o portão. Com a ajuda do alicate velho que roubei da caixa de ferramentas que meu pai montou antes de morrer e do martelo de bater carne, desenrosquei os parafusos da maçaneta e puxei com força as grades. Depois de algum esforço, preciso fazer mais exercícios, minha mãe sempre foi velha. Desmontei o portão inteiro e o joguei no meio do jardim. Se aquele cara passasse outra vez pela frente da minha casa, o portão estaria.

15

Pela manhã, não consegui chegar sequer à metade da aula sobre *Polifemo e Galateia*. Eu começava a ler o poema e logo embaralhava os versos. Quando conseguia ao menos recitar dez deles sem trocar as palavras, a análise fugia da minha cabeça e eu gaguejava de uma maneira ridícula. Como vi que os alunos estavam ficando incomodados, pedi desculpas, expliquei que estava passando por problemas particulares e encerrei a aula, não sem antes garantir que, claro, na quinta-feira aquilo não se repetiria. Fui sozinha até a minha sala e, ao tentar abrir a porta, tive tontura e quase caí no corredor do pavilhão dos professores. Apoiei-me na parede e, quando recuperei novamente a visão e senti as pernas mais firmes, segurei a fechadura e, antes de continuar tentando encaixar as chaves, percebi que tinha deixado a porta da sala aberta. Imediatamente meu coração disparou e eu pulei para dentro, mas a sala estava vazia e não havia nenhum sinal de que ele tivesse passado por lá. Não tenho sofá na sala, sempre achei esse tipo de móvel inconveniente para o trabalho intelectual, muito embora a conversa civilizada e inteligente. Telefonei para o almoxarifado e perguntei se não tinham algum sofá encostado. Por sorte me responderam que sim, e em menos de uma hora ele já estava na minha sala. Como não havia espaço, mandei os dois rapazes que trouxeram o sofá jogarem fora alguns livros e quadros que eu guardava em duas caixas de papelão. Pela janela, pude ver que diversos alunos quase pularam no lixo para pegar os livros. Apenas uma aluna, que eu a propósito não conhecia, quis ficar com dois dos quadros. A gravura do século XIX com o rosto do padre Vieira terminou sendo levada pelo caminhão. É difícil compreender o gosto dos estudantes.

16

Mesmo com o dia que passei na, voltei para casa excitada, pois tinha quase certeza de que ele estaria me esperando. Enquanto praticamente corria pelo quintal, ouvi o telefone tocando e acabei ficando furiosa: como ele gosta de silêncio, aquele ruído certamente o incomodaria muito. Antes de atender, olhei em todos os cômodos da casa. Estava vazia. Atendi ao telefone e quase mandei minha mãe tomar no, o que deu a ela mais um argumento para dizer que preciso com urgência me tratar dos. Minha mãe repete isso sem parar e, mesmo que não diga, sei que ela pensa que o fato de eu ter me dedicado ao estudo piorou ainda mais a minha cabeça. Segundo ela, desde pequena eu tinha essa história de gostar de uma conversa civilizada e inteligente. Com isso, não preciso de sexo e me satisfaço com uma conversa civilizada e. Desde menina. Minha mãe não ficou surpresa com o meu nervosismo e, antes de desligar, teve tempo para dizer que eu devia trocar de médico, pois aquele não estava adiantando. Ela sempre repete que devemos escutar ao menos a opinião de duas pessoas para tudo nesse. Como estava ansiosa para desligar e tirar a porta que dá para a rua, concordei e quase não me despedi. Prometi, inclusive, que iria me tratar. Minha mãe detesta isso, aliás outro argumento para ela, mais tarde, dizer que preciso com urgência me tratar dos nervos. Quase sem respirar, peguei a caixa de ferramentas do meu pai e arranquei as dobradiças da porta que dá para a. Joguei-a em cima do portão e voltei para a sala. Fiquei muito tempo esperando o e, no final da madrugada, cochilando, percebi que tinha feito uma besteira enorme: havia sentado no sofá. Mas acho que ele não deixou de entrar por causa disso: não dá para ver, da rua, que eu tinha ficado no lugar que ele mais gosta.

17

Tentei dormir um pouco pela manhã, mas qualquer barulho me despertava. Duas ou três vezes pulei da cama e corri até a sala certa de que ele já tinha chegado e estava sentado do lado direito do meu sofá. Quase na hora do almoço, telefonei para o médico e expliquei-lhe a situação. Claro que não falei nada sobre ele. Com certeza o médico repetiria que, em uma cidade como a nossa, qualquer coisa é um perigo para uma mulher que vive sozinha. Ele sempre repete, e olha que ele repete sem parar, que seria melhor se eu morasse com outra pessoa. O que ele quer que eu faça? Que pergunte para os meus estudantes se há alguma vaga nas repúblicas atrás da? Não posso mais voltar para a casa da minha mãe. Isso ele também sabe, muito embora. Depois de fazer algumas perguntas, o médico me receitou um remédio e pediu para que eu fosse vê-lo no dia seguinte. Não sei se isso ajuda, mas. Antes de sair para a farmácia, reli metade do "Sermão de Nossa Senhora do Ó". Não terminei a leitura porque tive um estalo: talvez estivesse grávida. Na farmácia, além do remédio recomendado pelo médico, comprei um teste de gravidez. Quando cheguei em casa, não me surpreendi ao vê-lo sentado do lado direito do meu sofá. Mas, para dizer a verdade, não tive coragem, ao menos naquela hora, de lhe dar a notícia.

18

Percebi que ele estava um pouco incomodado com a minha euforia e, por isso, tentei me acalmar. Não consegui, claro. De novo, lembrei-me da minha mãe falando sobre os perigos da cidade. Eu não sabia quem ele era e de fato estava me arriscando. Comecei a me sentir uma idiota: abrira a porta para um bandido entrar na minha casa. Ou um estuprador, minha mãe vivia repetindo que um estuprador seria ainda mais grave. Mas ela é muito discreta e jamais falaria uma coisa como essa para mim. Talvez da outra vez ele tivesse observado bem o ambiente para, agora, assaltar-me. Ou me estuprar. Eu preferia uma conversa civilizada e inteligente. Se tiver uma conversa civilizada e inteligente, sou capaz de aguentar muito tempo sem sexo. Não que eu não goste, minha mãe sempre repetia, mas acontece que. Aos poucos, enquanto recobrava o fôlego, fui, como da outra vez, convencendo-me de que ele não me faria mal. Agora, sabia que não deveria convidá-lo para comer alguma coisa. Talvez perguntar o seu. Logo que comecei a falar, ele fechou a cara e pareceu muito incomodado com o barulho. Fiquei quieta. Minha mãe sempre fala que pode passar muito tempo sem sexo, desde que. Enquanto me acalmava, percebi que ele parecia um pouco mais sério que na primeira visita. Ou melhor, os traços de irreverência tinham desaparecido do seu rosto e ele respirava de um jeito meio grave. No entanto, preferi ficar em silêncio por mais algum tempo. Provavelmente ele queria ficar à vontade para, depois, ter uma conversa.

19

Quando chegou, observei que ele também estava tenso. Aos poucos, percebendo que eu não gritaria, minha mãe sempre repetiu que, ficou à vontade e depois de uma ou duas horas parecia bem mais calmo. O rapaz tinha o rosto redondo, cabelos levemente crespos e a orelha grande. Na expressão jovial, pude então identificar de novo aquela estranha irreverência a que já me referi. Não sei o que ele estava achando engraçado: talvez o meu jeito. Comecei a me incomodar com aquilo e, por fim, convenci-me de que ele estava rindo, ou quase isso, da minha falta de reação. Droga, não passava de um machista. Se eu estivesse me tratando, teria ficado um pouco mais calma. Resolvi perguntar, então, do que ele gosta. Acho que, outra vez, agi precipitadamente. Assim que ouviu a minha voz, a irreverência de seu rosto desapareceu e ele se levantou pronto para sair. Pedi desculpas, mas acho que isso só piorou as coisas. Quando ele atravessou a porta da sala, em direção ao corredor que dava para a rua, comecei finalmente a gritar, ciente dos riscos que tinha corrido. Mesmo assim ele não.

20

A partir do décimo quinto lance, quando Ki retornou o bispo para b1, os analistas começaram a se animar com as possíveis variantes. No auditório anexo à sala de jogos, um grande mestre francês acertou até o movimento dezoito, quando previu que o campeão avançaria seu peão da coluna f. Ka, por outro lado, posicionou o cavalo nessa mesma coluna, acionou o relógio, e muito discretamente observou que por fim o desafiante parecia se concentrar. Na esquina da Sarmiento com a Florida, até os exilados começaram a prestar atenção no jogo. A partida, e consequentemente o título mundial, seria decidida dali em diante. O jovem Ki, que com apenas vinte e um anos não só tinha chegado à posição de desafiante como precocemente havia se tornado uma espécie de ícone político, desde a confusão que criara no match anterior, fitou gravemente o seu adversário e, com muita segurança, recuou o cavalo para h2. Depois de acionar o relógio, o jovem olhou para a plateia, separada deles por uma grossa parede de vidro (não é preciso repetir que ele detesta barulho durante as partidas), e se levantou para ir ao banheiro. Enquanto lavava as mãos, Ki teve um calafrio, pois achou que havia alguém o observando. Muito nervoso, cerrou os punhos e virou-se decidido a arrastar o espião até a sala de imprensa. No entanto, depois de olhar para todos os lados, percebeu que aquilo era bobagem: ele estava sozinho. Sem dizer que seguramente não seriam ingênuos de àquela altura tentar algo tão descarado. Enquanto sorria para o espelho, ouviu o irritante ruído do relógio e percebeu que Ka acabara de fazer o seu lance. Ainda em pé, viu que o campeão recuara a torre para a sua posição inicial e, daquele jeito mesmo, avançou o peão até b3. Instantes depois, o mundo todo comentava que o lance tinha sido excelente. Ki evitou olhar outra vez para o tabuleiro e fechou os olhos. Curiosamente, no momento em que se tornava o mais jovem campeão mundial de xadrez, a imagem que lhe veio à cabeça foi a do camareiro do hotel em que estava hospedado. Quando voltasse, daria de presente a ele um tabuleiro e um livro de aberturas. Depois, repassou na cabeça algumas variantes, certificou-se de que tudo estava mesmo certo e deixou o jogo um pouco de lado para, de novo, pensar no mapa da Europa. Na Argentina, um dos exilados, um velhinho polonês, sorria sem o menor constrangimento.

21

Ki percebeu que, logo após olhar para a plateia, o campeão pareceu um pouco tenso. Ka enxugou as mãos no tecido das calças, olhou discretamente para os dois lados e fechou os olhos por alguns instantes. É provável que, mesmo sendo expressamente proibido pela Fide, ele tivesse feito contato com alguém do lado de fora. Nem sequer passou pela cabeça do desafiante que o campeão estivesse recebendo propostas de possíveis lances. Com certeza, alguém lhe informava sobre os graves acontecimentos no Kremlin. Os jornais, logo cedo, garantiam que aquele seria um dia crucial para a continuidade das reformas de Gorbatchov. No entanto, se as pressões de alguns setores do Partido se fortalecessem com as diversas mensagens que chegavam do Leste Europeu, principalmente da Romênia e da Alemanha, talvez o país assistisse a uma nova reviravolta. Ki não era ingênuo a ponto de achar que a questão não chegaria ao tabuleiro. Aliás, ele estava convicto de que ainda não tinha sido campeão mundial apenas por razões políticas. Se Gorbatchov perdesse força, o desafiante teria problemas com a sua carreira. Ele estava preparado, inclusive, para fugir e pedir asilo em uma cidade do litoral francês. Pouca gente tinha informações de seus planos, que contavam com o apoio de um outro ex-campeão mundial. Essas coisas não podem ficar sendo repetidas por aí. Um dos maiores trunfos de um jogador de xadrez é a surpresa, e Ki sempre soube manipulá-la como ninguém. Para ser justo, talvez apenas Bobby Fischer estivesse à sua altura no jogo tático, mas isso é controvertido. Enquanto repassava na cabeça as condições de sua fuga, o desafiante levou um susto ao ver Ka arrastar a sua dama para e1. O lance era péssimo. Ki, então, teve certeza de que alguma coisa estava acontecendo fora do salão: o campeão seguramente estava tentando fazer algum tipo de guerra de nervos. Antes de iniciar um ataque brilhante, olhou para a plateia e notou que alguns jornalistas pareciam excitados, o que o tranquilizava, pois certamente o procurariam depois da partida. Qualquer coisa, Ki denunciaria à imprensa internacional que estava se sentindo ameaçado. Mesmo assim, o desafiante resolveu jogar o lance mais ousado e sacrificou o cavalo para destruir o muro de peões do adversário, consciente de que a pressão na ala da dama estava sob controle. Ki sabia que, dali em diante, enxadrista nenhum conseguiria esperar com calma o resto da partida.

22

Ainda tentei correr atrás dele, mas não consegui alcançá-lo. Também não sei se, no meu estado, posso ficar fazendo muito esforço físico. Acabei me esquecendo de perguntar isso ao médico. Minha mãe sempre me disse, e olha que, que eu precisava. Mas acho que vou ser bem clara com ele, o médico, e dizer que posso perfeitamente criar sozinha o nosso filho. Tenho um bom emprego e, mais, com uma conversa civilizada e inteligente, minha mãe. É claro, eu não gostaria que isso acontecesse. Meu pai mesmo morreu quando eu ainda era muito nova e minha mãe tinha medo na verdade de um estupro, muito embora sempre repetisse que a qualquer momento um ladrão poderia entrar na minha casa. Um médico, eu só teria a ganhar se me tratasse. O problema é que agora tenho receio de sair de casa, pois se ele voltar e eu não. Acho que vou esperar mais um pouco para dar a notícia, até mesmo para ele ter certeza de que estou conseguindo me controlar e, se ele realmente não quiser, não precisa assumir a criança. Por outro lado, minha mãe sempre repetia, e olha que ele, que meu pai. Quanto aos meus alunos, o médico.

23

Algum tempo depois, não, não sei dizer quanto tempo, comecei a sentir muito sono, minha mãe sempre, e o médico, acabei dormindo na sala. Não consigo me lembrar direito, a única coisa, uma corrente de vento me incomodou a noite toda. Se fosse de dia, o telefone teria tocado. Quando atendi, identifiquei a voz da secretária do departamento, minha mãe. Desliguei com muita raiva e saí atrás de alguma coisa, uma ferramenta, para tentar derrubar a parede da sala. Minha mãe sempre disse que uma mulher grávida deveria se tratar. Não encontrei nada, o médico talvez tivesse saído, achei que seria muito desaforo se o procurasse pelo celular e resolvi sozinha o problema: se fizesse um pouco de força, com o portãozinho servindo de martelo, talvez conseguisse me acalmar. No começo foi difícil, mas quando senti as contrações mais fortes, percebi que deveria golpear na quina da janela, meu médico disse que desse jeito a parede talvez não resistisse muito. De fato, minha mãe falou que eu deveria, e com poucos golpes consegui abrir um buraco enorme. E se ela viesse me visitar? Fiquei desesperada com a ideia de um encontro entre os dois. Meu médico sempre me falou que eu deveria agir com mais sinceridade. Mas minha mãe dificilmente compreenderia. Quando golpeei pela última vez, a parede estalou e uma parte do telhado ameaçou vir abaixo. Mas, meu médico, tudo acabou se equilibrando e, exausta, joguei-me no sofá e dormi por muito tempo. Minha mãe, inclusive.

24

Quando tenho sono, a universidade me ligou e minha mãe diz, e olha que ela fala sem parar. Fiquei com um medo enorme de que ele me ouvisse dormindo no sofá, bem no lugar de que ele mais gosta. Comuniquei ao médico que não me interessava mais pelo emprego. Poderia, além disso, esperá-lo na porta. Não, é claro que ele se sentiria intimidado para entrar em casa comigo ali, meu médico. Preciso deixá-lo à vontade, e dar certeza inclusive de que não vou querer que ele conheça a minha família, como eu disse, e repito, o meu médico. Para mim, uma conversa civilizada e inteligente. O problema do barulho, talvez eu deva esclarecer apenas isso, é que minha mãe repete, e olha que ela repete sem parar. Mas ele pode ficar tranquilo, não faço questão sequer. Claro, o filho é de nós dois, mas, até uma certa idade, as crianças não param de chorar. E eu sei, eu sei que para ele basta uma conversa, mas o problema é o choro, se ele me vir chorando, não vai ter vontade de voltar sem parar. Para ter certeza de que não vou chorar mais nem uma vez, arranquei o fio do telefone e joguei o aparelho na pilha de entulho do jardim. Além disso, meu médico sempre, serrei uma das pontas de ferro que tinham ficado à mostra quando derrubei parte da parede. Se alguém da universidade viesse me procurar, eu o esfaquearia, minha mãe.

25

Ki reparou que outra vez o campeão levantou a cabeça e olhou, agora mais rapidamente ainda, para o auditório, onde uma breve movimentação confundia aqueles que se interessavam apenas em observar os jogadores e, às vezes, tentar descobrir o próximo lance acompanhando a partida pelo painel instalado em uma plataforma do lado direito. Sem dúvida, o campeão estava tentando tirar-lhe a concentração. Passou-lhe pela cabeça que, talvez, a história dos parapsicólogos não fosse apenas lenda. Por alguns instantes, o jovem cerrou o punho e quase acertou o queixo do adversário. No entanto, a visão de suas torres dobradas e do caminho livre para a dama invadir o flanco do rei adversário o acalmou e ele acabou achando graça na ingenuidade de Ka: com uma posição daquela, confiar que um simples peão passado signifique alguma coisa não é um raciocínio digno de um campeão do mundo. De fato, alguma coisa estava acontecendo fora do tabuleiro. Apesar de ver o ponteiro do seu relógio correndo, Ki não conseguia se acalmar a ponto de tentar fazer um movimento sem tremer as mãos. O que mais o irritava era a tranquilidade cínica de seu adversário. Às vezes, tinha vontade de simplesmente gritar que o outro não passava de um puxa-saco da burocracia daqueles vermes. Mas apenas a possibilidade de algum barulho o enervava ainda mais e ele procurava se conter. Depois de passar água pelo rosto no banheiro, o jovem voltou quase correndo e moveu o bispo para a segunda casa do cavalo da dama, dobrando-os também. A visão das diagonais abertas aguçava ainda mais o seu sentido de combatividade. Logo, ficaria difícil para o campeão sustentar suas casas mais importantes. Enquanto aguardava a resposta, Ki imaginou se a tal Comunidade dos Estados Independentes teria alguma chance de sobreviver. Suas especulações não puderam, no entanto, ir muito longe, pois o campeão trocara rapidamente os peões da coluna e resolvera capturar-lhe o peão da dama, fazendo assim um par de peões passados e, en passant, permitindo a Ki arrastar sua torre para a coluna g e continuar o ataque devastador.

26

O campeão moveu, do mesmo jeito, sua torre duas casas adiante e, quase ao mesmo tempo, viu Ki posicionar o cavalo em g4. Com toda a calma, então, Ka segurou a dama algum tempo no ar e a soltou na primeira casa do rei, outro lance péssimo. Muito espantado, o desafiante repassou todas as possibilidades e confirmou que aquela jogada tinha sido, de fato, muito ruim. Com ou sem parapsicólogos, o preferido do Partido não estava no seu melhor dia. Um pouco mais seguro, mas ainda muito tenso, Ki tomou com o cavalo o peão da torre e sentiu uma onda elétrica percorrer o corpo. Na luta por campeonatos mundiais, dificilmente uma partida chega àquela posição, com um dos jogadores tendo as suas casas dominadas de maneira tão avassaladora pelo adversário. É provável que, naquele instante (por volta de nove horas de uma noite muito fria da cidade de Moscou), o único enxadrista do mundo que ainda estava calmo era o próprio campeão. Na Argentina, os exilados se abraçavam, sem nenhum interesse em esconder a emoção. Muito mais perto, o camareiro do hotel de Ki apertava no bolso a nota que tinha ganho dele e olhava atentamente para a televisão. Quando o repórter perguntou ao analista da emissora se a partida já estava decidida, o rapaz levantou-se imediatamente para ouvir a resposta. Ninguém tinha mais nenhuma dúvida.

27

Se eu jogasse os livros no chão, a porta do quarto ficaria bloqueada, meu médico, enquanto fazia isso, ouvi minha mãe no corredor e percebi que ele estava entrando. Disfarcei a ansiedade, corri para o banheiro, ajeitei em frente ao espelho os meus cabelos e voltei para a sala. Ele parecia não fazer caso da bagunça e me esperava sentado no lugar de sempre. Sua calma me tranquilizou. Minha mãe sempre disse, e olha que ela. Observando-o, cheguei a me lembrar de um dos célebres sermões do padre Vieira, o do "Bom sucesso de nossas armas". Analisei-o longamente no segundo capítulo da minha tese. Enquanto planejava as passagens decisivas, minha mãe insinuou que eu deveria viver em uma catedral. Dito e feito. Aos poucos, reparei que seu rosto refletia uma alegria contida e satisfeita. Finalmente eu entendera que o silêncio o deixava alegre, bonito. Claro, uma conversa civilizada e inteligente. Depois de algum tempo, quando inclusive já havia escurecido, ele se sentiu tão à vontade que chegou a cruzar as pernas. Animada por aquele movimento, tomei coragem e, de uma vez só, tirei a roupa para que ele pudesse olhar meu corpo. Minha mãe, foi o pior erro da minha vida.

28

Ele saiu tão rápido que, meu médico e o sucesso das armas, quase não o vi pelo buraco da janela. Fiquei completamente desesperada e o chefe do departamento, devo ter ido tomar banho. Quando saí, a ventania, minha mãe sempre repetiu que eu devia me agasalhar, e olha que ela só trepava pelada, com o meu médico a conversa sempre foi, comecei a espirrar em cima dos livros, aquele monte de poeira, fui até a esquina, mas não o vi mais e, quando voltei, o meu médico, acho importante repetir, e olha que ela, ouvi alguma coisa, espirrei, o meu médico chegou a confirmar, mas eu podia criá-lo sozinha, então me ajoelhei, mas os livros, eu precisava de uma conversa, até que ouvi de novo um barulho e me levantei, minha mãe, o médico, o padre Vieira, mas não era ele, um cachorro, o padre Vieira, estava remexendo nos entulhos. Tentei matá-lo, mas o dicionário foi parar longe, o dicionário, algumas definições: o silêncio, substantivo masculino, estado que descreve uma conversa civilizada e inteligente;

o sexo, substantivo feminino, inúmeras repetições, e olha que minha mãe. Quando era criança, aprendi a costurar, revirei as gavetas, o médico prefere, achei uma agulha e um carretel de linha pelo sucesso das armas e costurei a camiseta na pele, assim nunca mais. Meu médico sempre disse que eu não sentiria dor nenhuma, substantivo feminino, estado em que o corpo pode criar o filho sozinho. Se ele voltasse, poderia ter certeza de que eu.

29

Quando Ki capturou o cavalo que protegia o rei negro do xeque, teve certeza de que o campeão mundial estava querendo apenas testar até onde seus nervos poderiam aguentar. Ninguém acreditaria que, mesmo com as casas do flanco do rei completamente destruídas e, mais, invadidas por um vigoroso ataque, Ka tivesse alguma esperança naquele peão bobo. Mesmo se ele conseguisse se tornar uma dama, não impediria a queda do próprio território. Se alguém quiser saber o que se passava na cabeça do menino que, com vinte e um anos, se tornava campeão mundial de xadrez (sim, já que depois de uma estreia tão desastrosa, Ka seguramente não conseguiria manter o título), não terá nenhuma surpresa: ele achava o adversário uma pessoa infeliz, mas estava mesmo interessado no futuro de Mikhail Gorbatchov. Ao largar a torre em e8, Ki já se sentia bem mais calmo. Tinha conseguido destroçar o campeão e sabia que, dali em diante, a imprensa não o deixaria em paz. Repetiu para si mesmo que, se tivesse algum problema, bastaria denunciar o jogo todo para os jornalistas que a repercussão o manteria seguro. Seus olhos, então, encheram-se de água: ele conquistara a segurança, e até mesmo uma relativa liberdade de expressão, unicamente através do xadrez. Quando a dama tomou o peão de h6 e Ki anunciou o xeque, todos imaginaram que o campeão o cumprimentaria e sairia rapidamente do salão de jogos. Ao contrário, friamente Ka capturou a dama do adversário e, quase ao mesmo tempo, livrou o seu rei do xeque que o cavalo branco lhe impôs. O duplo é algo que só acontece, quase, com os capivaras. Mas é preciso dizer que a obstinação mais cega é característica dos admiradores de regimes de força. Elegantemente Ki tomou-lhe o bispo e fez o campeão cobrir o xeque com a dama. Quem gosta de reproduzir partidas históricas, mesmo se for um exilado político, sabe que um campeão mundial nunca foi tão escorraçado. Na calle Sarmiento o velho polonês nem olhava mais para o tabuleiro.

30

Mas ele também não tinha se juntado aos grupos que comemoravam a vitória do jovem. Curiosamente, quando Ki retornou o bispo para casa e4, seu penúltimo lance antes da vitória, ele desceu sozinho as escadas do clube e, lentamente, caminhou até a fachada do Hotel Colón. Logo que desembarcara na Argentina, exilado depois de uma festa irreverente de estudantes universitários na capital da Polônia, trabalhara pela primeira vez na recepção do hotel. Sua habilidade com as línguas lhe garantira o emprego. Mais tarde, já dono de um pequeno restaurante, tivera oportunidade de voltar à Europa, muito embora sua entrada na Polônia não estivesse inteiramente garantida. Ele acabou, porém, nunca mais saindo de Buenos Aires. Essas pessoas ficam com medo de se mover. Apoiado no canteiro do jardim em frente ao hotel, o velho lembrou-se ainda do medo que sentiu durante a terrível ditadura do general Videla e de seus pesadelos, quando ouvia o latido dos cães da polícia política polonesa. Em vez de retornar ao clube para saber das notícias sobre a vitória, que já estavam sendo veiculadas em todo o mundo, ele preferiu chamar um táxi e pediu para que o motorista o levasse até o Aeroporto Internacional de Ezeiza. Seus olhos passaram pelo painel de embarque, mas não havia nenhum voo para Moscou. Quem quiser chegar até a capital russa saindo da América Latina precisa voar antes para a Europa e de lá pegar uma conexão. Infelizmente ele não poderia cumprimentar pessoalmente o jovem enxadrista, mas, mesmo assim, balbuciou na sua língua natal um sincero muito obrigado.

Tólia

Desisti da literatura quando não consegui mais entender o que estava escrevendo. Os textos tinham deixado de refletir minhas inquietações e de revelar a minha personalidade. Percebi que era um ficcionista limitado e que nunca chegaria a produzir algo incontornável para a literatura.

    Hoje, estou tranquilo. Tenho certeza de que achei o meu dom e estou no meio de gente igual a mim. Encontrei minha própria história.

    Estamos no verão, uma época agradável nessa região do mundo. Acordamos cedo, sentamos em círculo e ficamos meia hora olhando uns para os outros e em seguida para o Centro Essencial. Normalmente Tólia fica no meio e continua a dormir. Depois, vamos todos a um dos muitos lagos dos arredores e nos purificamos até a uma da tarde, mais ou menos.

    Se for um dos dias de alimentação, comemos frutas e alguma outra coisa que o fazendeiro que nos acolheu oferece. Nesse momento Tólia já acordou e então passeamos com ele pela plantação. Um pouco antes de escurecer, de novo, ficamos em roda para iluminarmos nosso Olho Interno. Tólia desaparece e volta apenas na manhã seguinte.

Ele é um urso iluminado. Com o Mestre Maior Anatoly, forma um par que irradia paz e luz. Os fazendeiros sabem que o solo onde Tólia pisa e Anatoly dorme jamais abrigará uma peste e a colheita será abundante. Todos nos recebem muito bem e anseiam pela nossa chegada.

*

Nosso grupo é integrado. Como somos nômades, caminhamos durante o verão. Anatoly tem um senso geográfico impressionante. Ele sempre percebe o caminho ideal para que jamais passemos a noite ao relento. Aqui, pode esfriar demais de uma hora para outra. Há algumas cavernas e temos, é claro, agasalhos pesados. Mas como os fazendeiros nos acolhem, costumamos passar a noite em galpões ou em outros lugares fechados. Se estivermos em uma propriedade cujo dono conhece bem nossos rituais, aceitamos inclusive nos abrigar na casa principal. Tólia, por sua vez, fica nos arredores até o dia seguinte. Para a plantação, é uma bênção.

Nem sempre ficamos perto dos fazendeiros. Temos um voto de silêncio e só podemos interagir com os ruídos da Natureza. Nossa comunicação é feita através do Olho Interno. Qualquer barulho incomoda a integração. Agricultores conversando, por exemplo, deixam Anatoly angustiado. Quando estamos em uma fazenda, normalmente o proprietário dispensa os lavradores. Felizes, eles também nos deixam prendas. A maior parte da roupa que usamos vem daí.

Esse silêncio me faz bem. O barulho da cidade me deixava aturdido. Para conseguir terminar a versão final de *O livro dos mandarins*, meu último romance, cheguei a alugar uma casa de pescadores em uma praia isolada.

Funcionou por algum tempo, mas percebi que eu mesmo produzia uma espécie de tumulto interno muito forte. Comecei a roncar. Estava agitado e infeliz: meu corpo não parava de fazer barulho.

Fiz algumas tentativas depois de *O livro dos mandarins*, mas em poucos meses optei por abandonar a literatura para tentar me encontrar em algo mais silencioso: o jogo de xadrez.

*

A decisão significou um retorno ao fim da minha adolescência. Durante o ensino médio, tudo o que eu fazia era jogar xadrez e ler. Embora não tenha percebido, já estava ali um traço da minha personalidade: a busca por padrões.

Cheguei a ser campeão paulista infantil. Fui vice-campeão brasileiro e sul-americano infantojuvenil. Não me dei muito bem no meu primeiro mundial para menores de vinte anos. Quando chegou a época do segundo, acabei não indo. Precisava prestar vestibular e o jogo me consumia.

Fui fazer o curso de letras numa cidade próxima a São Paulo. Aos poucos o xadrez ficou de lado. Escrevi um conto que acabou elogiado por um dos professores. Esse sucesso inicial foi importante, mas o que me impulsionou foi a descoberta que fiz enquanto redigia o meu primeiro romance, *Cobertor de estrelas*: se revisasse com cuidado o manuscrito, conseguiria entender muita coisa da minha personalidade. Quem gosta de criar padrões adora repetir tudo. Fiquei fascinado e nos dez anos seguintes deixei o xadrez para escrever e publicar três romances e um livro de contos.

Os dez anos de convívio íntimo com a literatura representaram minha entrada na vida adulta. A pós-graduação, os empregos, as viagens, as convivências afetivas, tudo o que eu fazia estava de alguma forma ligado aos meus textos.

Mas com o tempo, minha satisfação diminuiu. Depois de *O livro dos mandarins*, não consegui mais aplacar a agitação do meu corpo.

Percebi que não tinha mais um instrumento privilegiado de autoanálise. Desesperado, vaguei pelo Parque do Ibirapuera até sentar em um dos cantos mais isolados e, roncando medonhamente, dormi e sonhei com uma partida que tinha perdido no mundial para menores de vinte anos que joguei na Grécia.

Se estou certo, era dezembro de 2010. Encontrei na internet o nome de um antigo amigo que se tornara mestre internacional. Procurei-o e na mesma semana combinamos um regime de treinamento. Depois de três meses voltei a participar de torneios.

O início foi duro. Eu só perdia. No entanto, a partir de julho de 2011, os resultados começaram a aparecer. Aos poucos passei a integrar o quadro de premiados. O professor, que adorava conversar comigo sobre literatura e filosofia, estimulou bastante o meu progresso. Dobrei o número de aulas e comecei a observar como o xadrez de novo revelava minha personalidade. Parei de roncar e minha agitação desapareceu.

*

No final de 2011, eu devia ter jogado por volta de vinte torneios. Integrei o quadro de premiados em quinze.

Com certeza os dois melhores foram o Aberto Anual do Clube Monte Líbano e uma das etapas do 21 minutos do Clube de Xadrez São Paulo, em que, por pouco, não terminei o torneio à frente de um grande mestre.

    Eu acabava as partidas e depois, em casa, conferia com o auxílio de um programa de computador cada um dos meus lances. Do mesmo jeito que fizera com a literatura, colocava em um diário as minhas conclusões. Sempre me sentia melhor nas posições que resultavam de uma abertura que tinha estudado.

    Nas partidas, fazia combinações mais ousadas quando o final se aproximava, e eu já conhecia bem o jeito de o meu adversário pensar. Ou seja: aceito correr riscos, mas desde que tenha algum tipo de garantia.

    Lembro-me agora de ter sido muito feliz durante o ano de 2012. Os resultados da minha preparação eram visíveis no tabuleiro e eu me dava muito bem com a minha equipe. Meu professor tinha resolvido ler Epicuro e sempre conversávamos nos intervalos dos torneios. Eu não escrevia mais, havia parado de roncar e não sentia a menor agitação. O silêncio do xadrez me tranquilizava e eu tinha certeza de que no ano seguinte conseguiria o título de mestre.

*

Mas 2013 não foi um ano bom. Não consegui o título de mestre e ainda em maio ou junho percebi que meu xadrez tinha estagnado. Vencia com alguma facilidade os jogadores de primeira categoria, mas raramente empatava com um mestre. Deles, só perdia. Com algum jeito, meu professor tentou explicar que talvez eu tivesse chegado ao limite.

Não aceitei. Como ainda descobria pequenos detalhes da minha personalidade nas partidas, estava convencido de que havia um erro na minha preparação.

Na literatura, minha grande frustração foi não ter conseguido escrever um romance à altura dos grandes clássicos. Eu não poderia repetir o mesmo erro no xadrez. Se fosse para mergulhar no jogo até chegar ao meu melhor (ou descobrir que não tenho condições), teria que aprender russo.

Comprei um daqueles manuais para iniciantes, com três DVDs de pronúncia. Enquanto desvendava os pontos básicos da gramática russa, sentia que meu jogo melhorava. Conquistei o segundo lugar em um torneio fortíssimo, ganhando de dois mestres. Além disso, continuava tranquilo, sem roncar e angustiando-me pouco com o barulho da cidade de São Paulo.

Mas é impossível estudar sozinho um idioma. De repente, os casos já não me eram tão claros e o vocabulário não evoluía. Sem perder tempo, avisei minha família de que passaria seis meses em Moscou para me aprofundar no russo e no xadrez. Ninguém se espantou.

Antes de viajar, procurei o endereço de dois clubes de xadrez em Moscou. Para me precaver, localizei também onde fica o principal prédio da *Gazprom*, a maior empresa de energia da Rússia. Todo mundo diz que o grande campeão Anatoly Karpov tem um escritório lá. Em último caso, eu o procuraria.

*

Não lembro quantos dias fiquei em Moscou. No máximo, dez. Aqui na comunidade, a gente perde a noção de tempo. Sei quando é Natal porque apenas nessa época do ano podemos escrever. Normalmente um mensageiro traz um pequeno bloco de papel e cada um de nós manda uma carta para casa. É o que imagino, já que não conversamos. Sempre envio notícias para minha mãe.

A comunidade vai bem. Anatoly e Tólia não têm pressa. Outro dia fizemos uma comunhão do Olho Interno com as Águas Sagradas no lago Balkhash e eu soube que existem cerca de doze Mestres do Olho Interno perdidos pelo mundo. Parece que um deles é o presidente de um país poderoso, mas ainda não temos confirmação segura.

A energia que uma comunhão dessas desperta é muito grande. Entrar em sintonia com o Olho Interno de outra pessoa é uma atividade cansativa. Quando todos nos reunimos em comunhão, no final apenas Tólia consegue andar. Ele é mesmo um urso abençoado.

*

Em Moscou, aluguei um quarto em um albergue ligado à escola. Eu me matriculara em um dos melhores cursos de russo para estrangeiros que apareceram desde o fim do império soviético. Passada a primeira sexta-feira de aula, procurei um clube de xadrez para ver se jogava um pouco e, mais ainda, conseguia encontrar um treinador. Estava ansioso e roncando muito. Na portaria, o rapaz não compreendia inglês e, depois de algumas caretas, indicou-me o salão de jogos.

Os russos definitivamente não são amigáveis. Não consegui ser convidado para participar de nenhuma rodinha de jogadores. Por sorte, em uma pilha de revistas achei cinco exemplares da década de 1980 da *Jaque*, um periódico em espanhol. Reproduzi algumas partidas, mas cansei na sessão de finais de torre. Excessivamente didáticos.

    Tive então o pressentimento de que talvez as coisas não fossem dar bem certo para mim na Rússia. Para não perder mais tempo, resolvi procurar logo Anatoly Karpov. Depois de rodar um pouco mais do que devia em um táxi, cheguei a um bairro afastado. O endereço que eu tinha era a única construção da rua, uma pequena travessa com um terreno baldio do outro lado. Como era de manhã, não senti medo.

    Não havia ninguém no portão. Forcei a vista e identifiquei, distante, uma placa da *Gazprom*. Procurei uma campainha, forcei o portão e por fim bati palmas. Como ninguém apareceu, percorri a extensão do muro até uma elevação no terreno e pulei para o lado de dentro.

    Mal caí na grama, senti uma pancada na cabeça e desmaiei. Não me lembro de mais nada, até que acordei, com uma dor incrível na nuca, na sala de uma delegacia. Havia um sofá, onde fui deixado, uma mesa e duas cadeiras. Eu ouvia o som de pessoas andando pelo corredor. Às vezes as vozes aumentavam um pouco, mas na maior parte do tempo mantinham o tom normal de conversa. Fiquei horas ali.

*

Não conheço a história dos outros Mestres do Olho Interno. As comunhões periódicas nos aproximam da Natureza e confirmam a grande energia que, juntos, somos capazes de emitir. Como não utilizamos qualquer tipo de linguagem — nem a gestual —, não temos como descobrir nada uns dos outros. Costumamos mergulhar em longas sessões de meditação, cujo objetivo é fortalecer o

Olho Interno, ou então trabalhamos em contato com o Centro Essencial.

Anatoly deve ser de alguma região próxima. As feições dele coincidem com as de certos fazendeiros que nos acolhem. Conosco andam também um japonês e outro oriental. Estão aqui dois negros e o último a chegar foi um latino, muito provavelmente do Peru ou da Bolívia. Com certeza há europeus: desconfio que o mais velho do grupo seja alemão. Contamos com quatro mulheres.

O mergulho no nosso Mundo Interior, sempre em direção ao Olho Interno, é tão grande que quase não sentimos necessidade de interagir. Quando ela aparece, a comunhão com a Natureza, sobretudo com as Águas Sagradas, é suficiente para dirimi-la.

*

Em Moscou, tudo foi muito confuso. Dei um depoimento contando toda a verdade e o oficial aparentemente acreditou. Horas depois um funcionário da embaixada brasileira apareceu dizendo que cuidaria da minha extradição. Nesse meio-tempo, a fama dos russos me estremeceu de medo de ser envenenado. Resolvi não beber água e nem aceitar o lanche que me ofereceram. Então, um dos guardas que acompanharam meu depoimento entrou na sala dizendo que havia identificado o meu Olho Interno e que minha única chance de felicidade seria acompanhá-lo até onde vivem os outros Mestres. Como um identificador, tinha sido treinado para nos reconhecer.

Você foi tocado pela Natureza com a graça de corrigir os erros que os seres humanos têm causado às outras espécies e a eles próprios. Mas só conseguiremos se todos os Mestres vivos se reunirem. O grupo já identificado está com o Mestre Maior Anatoly e com o urso Tólia no Cazaquistão, a algumas horas de viagem daqui. Quando você se juntar a eles, vai sentir uma tranquilidade e uma completude tão fortes que sua obediência aos rituais acontecerá sem nenhuma instrução prévia.

Tudo é natural. Seu corpo atingirá a graça e você vai comungar com as Águas Sagradas. Se você aceitar, volto em algumas horas para irmos até onde estão os outros Mestres. Não se preocupe: a embaixada brasileira sempre demora.

Se eu não quisesse, ele continuou explicando, devia ficar ciente de uma coisa: a angústia que relatei no depoimento só vai aumentar.

Eu não aguentava mais os ruídos que meu corpo emitia, começara a sentir uma infelicidade paralisante e não confiava na embaixada brasileira. Quando ele disse que finalmente eu encontraria a minha própria história assim que abrisse o Olho Interno, aceitei.

Durante a viagem, em um péssimo inglês, ele me aconselhou a conversar bastante, pois quando encontrasse Anatoly, Tólia e os outros, eu nunca mais poderia falar ou emitir qualquer outro ruído. Mas e esses barulhos que saem do meu corpo? Ele respondeu que eu deixaria de produzi-los naturalmente. Aliás, continuou, eu me sentiria tão bem com os outros que abandonaria a vontade de me comunicar.

*

A viagem foi longa. Ele me explicou de novo a graça que a Natureza Maior havia me concedido. A angústia está no mundo com tanta força, concluiu enfático, porque as pessoas se comunicam demais umas com as outras e deixam o contato com o Centro Essencial de lado. Perguntei como esse contato se dava e depois de ouvir a resposta, comentei que então nós, os Mestres do Olho Interno, acabávamos passando muito tempo fazendo autoanálise. Ele me disse que sim e, virando-se para me dar um pouco de calma, garantiu que a melhor característica do grupo, no entanto, é a paz com que os Mestres vivem.

Era tudo verdade. Sobre a autoanálise, devo dizer que hoje conheço com clareza minha personalidade: tenho necessidade absoluta de silêncio e acho os ruídos, mesmo os menores, uma violência; preciso de rotina para fazer as coisas direito; tenho raiva de quem não entende os meus problemas; gosto de me arriscar, mas com limites; uma das minhas atividades preferidas é a criação de padrões; adoro repetir; tenho sorte; não dou bola para boataria; detesto jogar meu tempo fora; se eu perder a confiança em alguém, nunca mais; o bizarro é maravilhoso, mas apenas se tiver algum humor; gente tresloucada não tem atrativos; quero chegar ao meu melhor.

Tenho certeza de que consegui.

*

Do grupo, o primeiro que vi foi Tólia, bem distante, caminhando pela margem de um lago. O dia estava claro, sem nuvens e muito azul. Um paraíso.

Dois outros Mestres se aproximaram e sorriram. Um deles se virou e começou a caminhar em direção ao lago. O outro continuou me olhando. Depois, fomos encontrar o resto do grupo, que estava comungando com as Águas Sagradas. Ninguém precisou me explicar o que fazer. Entrei no lago. Uma força que jamais sentira me deixou rígido e aos poucos fui ficando exaurido. Quando tudo acabou, tive certeza de que jamais iríamos nos separar.

    Paramos de usar a linguagem sobretudo porque alcançamos o nosso destino. Nossa missão agora é ajudar os outros, a humanidade como um todo, a encontrar também a própria história. Quando isso acontecer, o mundo vai entrar em outro estágio. As pessoas vão descobrir que somos um só e que o Centro Essencial nos une à Natureza.

    Então, o silêncio se fará. Os corpos já não emitirão nenhum ruído e a Natureza não terá por que protestar. Nós, os Mestres do Olho Interno, assumiremos a condução de todos os tipos de vida no planeta sem nenhuma resistência. O autoconhecimento traz a verdade.

    Enquanto esse dia não chega, o mundo continuará se comunicando. As pessoas farão todo tipo de barulho. Depois de mim, outros dois Mestres foram descobertos. Faltam poucos e calculo que logo estaremos unidos. Haverá por fim paz e silêncio entre os homens. Até lá, esperança.

Autoficção

O começo dessa história é conhecido: no final do ano passado, em um manifesto quase incompreensível divulgado pelo Facebook, Ricardo Lísias anunciou que desistia de escrever para, por fim, dedicar-se às artes plásticas. O golpe publicitário funcionou e, cinco dias depois, a Galeria Fortes Vilaça, em uma exposição que durou apenas três horas, vendeu oito dos doze trabalhos que Lísias apresentou.

A partir daí, nada é muito seguro em um imbróglio que envolveu inúmeras matérias na imprensa, boatos no meio artístico e nas redes sociais, uma mobilização desastrada da Polícia Federal e algumas operações financeiras nebulosas. A galeria jamais admitiu publicamente, mas pessoas da diretoria afirmaram a interlocutores que o golpe de Lísias atingiu inclusive seus representantes.

Não se sabe por que a galeria até hoje mantenha em segredo o nome dos compradores dos trabalhos de Lísias. Alguns críticos afirmam que teria sido ele mesmo o único comprador, só para fazer publicidade para seus livros. Um crítico que não quis se identificar afirmou, por outro lado, que não acha difícil que ele tenha de fato arrecadado 5,6 milhões de dólares com as obras, já que "no mundo da arte contemporânea tudo é possível".

É provável que Lísias tenha vendido ao menos alguns trabalhos e ganho um bom dinheiro, pois consta em seu nome um processo na Receita Federal por sonegação de impostos relacionados ao mercado de obras de arte. A identidade dos compradores permanece em segredo. O que restou são fotografias realizadas por alguns dos visitantes da exposição.

Com fama de rabugento e arrogante, Lísias desapareceu logo após o escândalo. Depois de longa investigação, a reportagem conseguiu localizá-lo vivendo em um subúrbio elegante de Berna, capital da Suíça. Contra todas as expectativas, ele mesmo atendeu a ligação e, com a voz pausada e tranquila, aceitou receber a reportagem para uma conversa na casa que comprou para viver com dois gatos e as quatro obras que acabaram não sendo vendidas na famosa e controvertida exposição do ano passado.

*

A maioria dos nomes que consta no caderno de assinaturas da exposição de Ricardo Lísias é ligada ao meio literário. Por razões econômicas, é provável que nenhum deles tenha adquirido uma das oito obras vendidas. Depois de muita insistência, e sob a condição de anonimato, conseguimos que um dos visitantes nos mostrasse as fotos que realizara. Segundo ele, se os trabalhos nunca mais aparecerem, as fotos podem virar a própria obra e seu valor de mercado aumentará muito.

Dos doze quadros expostos, a reportagem conseguiu examinar a reprodução fotográfica de sete deles. Três fazem parte da série "Autorretrato" e basicamente mostram o rosto de Lísias, em diferentes poses, com um texto não identificado datilografado por cima e algum outro tipo de intervenção.

Dois outros são bem maiores e constituem um segundo grupo de obras intitulado "Autoficções". As reproduções não estão em perfeita qualidade, mas o autor das fotos afirma tratar-se de uma colagem de todo tipo de papel que, em diferentes perspectivas, formaria a biografia de Lísias.

"Autoficções" está composto de quatro obras, cada uma delas simbolizando uma década de vida de seu autor. A reportagem não obteve uma informação importante: Lísias teria criado as obras em um rompante de criatividade, talvez impulsionado pela decisão de abandonar a literatura, ou as desenvolvera em segredo enquanto publicava romances e contos? De qualquer maneira, o fato de ele ter montado a exposição exatamente aos quarenta anos não pode ser desconsiderado.

As outras reproduções estão inteiramente desfocadas, o que impede qualquer apresentação. O autor das fotos também não sabe ou não quis descrevê-las.

O segredo e a confusão que envolvem toda essa história parecem contaminar as pessoas que acabaram se tornando personagens dela. Se não fossem os processos na Receita Federal, a fuga do artista, a revolta muda da Galeria Fortes Vilaça e as testemunhas, poderíamos inclusive supor que tudo não passa de outro conto de Ricardo Lísias.

*

Lísias mora na esquina de uma rua tranquila e de poucas construções. Depois da casa dele, há uma pequena reserva de mata verde e, com alguma disposição para caminhar, chega-se a uma das margens do rio Aar. Na outra esquina estão os fundos de uma das fábricas dos famosos chocolates Toblerone. Os caminhões, porém, estacionam em uma avenida paralela, bem longe de onde o táxi deixou a reportagem.

Nenhuma das casas da rua tem muros ou portões. As fachadas são muito diferentes umas das outras. A de Lísias é sóbria, pintada de verde-claro, com a caixa de correspondência quase oculta por um conjunto de arbustos que ameaçam se tornar já muito grandes.

A entrada se dá por uma das laterais. Como a reportagem não encontrou a campainha, foi preciso bater palmas. Em um primeiro momento, não houve barulho no interior do imóvel. Depois, o que se viu foi a porta se abrindo e um homem de mais ou menos um metro e noventa, cabelos grisalhos, bermuda e camiseta casual, aparecendo e sorrindo gentilmente para a reportagem.

Ricardo Lísias não tem empregados e ele mesmo levou a reportagem para o interior do imóvel. Segundo nos contou, ele escolheu a casa que mais se aproximava da que Patricia Highsmith tinha vivido na mesma Suíça.

Lísias fala com desenvoltura sobre os hábitos da famosa escritora de romances policiais. Indagado sobre os motivos de conhecê-la tão bem, responde que aprendeu a gostar dela ao traduzir uma enorme biografia publicada no Brasil com o título de *A talentosa Highsmith* pela editora Globo em 2012. [A reportagem apurou a informação e pôde constatar sua veracidade: de fato consta na página de créditos do catatau de oitocentas páginas o nome de "Ricardo Lísias".]

O primeiro cômodo é uma sala ampla, com diversos sofás e nenhum quadro nas paredes. Também não se vê um livro sequer. Indagado sobre sua intimidade com o alemão, Lísias apenas sorri e faz um gesto incompreensível com a cabeça. Mais tarde, porém, em um cômodo ao lado de onde estava a reportagem, ele atendeu uma ligação e, apesar de falar baixinho, parecia de fato conversar com o interlocutor na língua de Goethe e Thomas Mann.

*

A casa tem poucos móveis, distribuídos de maneira discreta. Aliás, o que domina o ambiente é uma espécie de brancura quase hospitalar. Os quadros de Lísias, segundo as descrições, parecem ser muito diferentes. O silêncio também está por toda parte. Essa é uma das características dele mais citadas pelas fontes ouvidas pela reportagem.

É só depois de se aclimatar na sala principal que o visitante percebe um pequenino jardim interno à direita do cômodo, abaixo da imponente janela que dá para os fundos. Ao lado está a sala com o telefone e um sofá. Na outra parte do corredor chega-se a uma cozinha ampla e, outra vez, com poucos utensílios. Em todos os dias em que esteve na residência de Lísias, a reportagem não testemunhou louça na pia. Sua famosa máquina de café Nespresso, personagem importante do último romance que Lísias publicou, *Divórcio*, está quase oculta por um secador azul de louças. Ele trouxe a máquina do Brasil, mas o secador é, com certeza, um objeto europeu.

Ao lado da escada há uma outra sala pequena com uma mesa e um tabuleiro de xadrez. É famosa a obsessão de Lísias pelo antigo jogo. A reportagem não conseguiu descobrir se ele é realmente um jogador tão forte quanto algumas fontes afirmaram. Outras, por sua vez, foram categóricas ao dizer que ele inventou tudo e que apenas sabe mexer as peças com alguma precisão. Na mesa, perto do tabuleiro, havia um laptop.

No segundo andar há um outro banheiro, bem mais amplo que o do térreo, e o quarto, também muito grande. O guarda-roupa toma conta da parede ao lado da porta. Lísias tem um criado-mudo do lado esquerdo da cama. No direito está a janela, menor que a da sala e protegida por uma cortina. A cama é enorme, fofa, e em todas as vezes que a reportagem esteve no quarto encontrou-a bem-arrumada.

Não há quadros, nem dele nem de outros, nas paredes da casa. Indagado sobre os livros, ele riu e disse que o quintal dos fundos é grande e leva a uma espécie de edícula. A reportagem aceitou o gentil convite de Lísias para conhecê-la.

*

O quintal dos fundos dá para uma estreita trilha de terra. A grama baixa denuncia o cuidado e o apreço de Lísias pela jardinagem, detalhe que nenhuma das fontes informou à reportagem. Ele afirma que cuida sozinho de toda a extensão do terreno. Não há motivos, a reportagem convenceu-se mais tarde, para duvidar.

Depois de uns cinco minutos de caminhada, a trilha se abre em duas. À direita, chega-se à margem do rio Aar, em um pequeno e delicado cais que Lísias divide com os vizinhos. Poucos minutos pelo caminho contrário levam à tal edícula, na verdade uma construção de mais ou menos vinte e cinco metros quadrados, com uma porta na lateral direita, outro pequeno jardim e uma janela na parede dianteira.

O interior surpreende: ao contrário da casa principal, o galpão está atulhado de livros. As doze estantes não dão conta dos volumes, que se amontoam por todo lado. Em uma pequenina mesa, escondida entre duas pilhas de livros, é possível enxergar um tabuleiro portátil de xadrez, alguns lápis e mais dois ou três livros. Enquanto tentava observar a caótica biblioteca, a reportagem tropeçou em outro laptop, aparentemente largado no chão sem o menor cuidado.

Aos poucos, o desconforto vai sendo substituído por uma espécie de espanto. Lísias circula entre os livros com desenvoltura e consegue localizá-los rapidamente. Quando a reportagem quis saber quantos e como os havia retirado do Brasil, ele sorriu e falou sem nenhum problema: "Um amigo empacotou todos e enviou o lote em um container através do porto de Santos."

A tarde já ia caindo quando a reportagem voltou à casa principal e recusou outra xícara de café. A primeira visita encerrou-se com alguma surpresa. Ao contrário do que diversas fontes afirmaram, Lísias não é agressivo e nem se comporta de forma defensiva. Chega a ser quase simpático. Ele parece sentir algum prazer em mostrar a casa, ri quando fala de seus livros e não demonstra nenhum constrangimento por ter fugido do Brasil. Já na rua, a reportagem chegou inclusive a sentir certo vazio.

*

A segunda visita precisou esperar quarenta e oito horas: firme, e ainda assim gentil, Lísias explicou que tinha um compromisso no dia seguinte, quando a reportagem tentou marcar um novo encontro. Ele, porém, não quis fazer nenhum tipo de suspense e revelou que estava frequentando um curso de jardinagem em uma cidade próxima a Berna, o que explica as inúmeras fotos de canteiros e flores que ele vem há algum tempo postando em seu popular perfil no Facebook. Como se quisesse corrigir a desfeita, convidou a reportagem para chegar mais cedo e almoçar com ele.

Não foi possível checar, mas Lísias afirmou ter ele mesmo cozinhado todos os pratos do almoço. Quando entrou na cozinha, a reportagem deparou-se com a mesma organização do primeiro dia. A única diferença estava na *raclette* acompanhada de picles, um prato tipicamente suíço, com salada, algumas frutas de sobremesa e uma garrafa de vinho branco italiano. O café foi preparado na famosa máquina Nespresso que os íntimos da obra de Lísias já conhecem.

Sem dúvida, ele pode ter comprado tudo pronto, escondido as embalagens (no lixo da cozinha, a reportagem reparou discretamente, não havia nada) e depois dito que preparou tudo sozinho. A reportagem acredita, porém, que não há motivos para duvidar de Lísias.

Logo depois do almoço, a reportagem acompanhou Lísias ao cais, único ponto da residência (nesse caso dividido com os vizinhos) que não havia sido visitado no primeiro dia. Para qualquer um dos lados em que se olha, a vista é inesquecível. Nessa época do ano, ao menos, o rio corre lentamente, às vezes dando até a impressão de ser um manto azul cortando o verde que o margeia. Quando Lísias colocou a mão no ombro da reportagem e perguntou se tudo aquilo não paralisava por causa da beleza, não foi necessário responder, pois um calafrio no corpo da reportagem disse tudo.

A reportagem quis saber apenas se era possível chegar à edícula margeando o rio. O famoso artista respondeu que sim e que aquela seria uma boa oportunidade de observar os limites da residência. A vista sem dúvida deixa qualquer um mudo e boquiaberto. Com a reportagem não foi diferente.

*

Já na edícula, a reportagem sentou-se na única cadeira enquanto Lísias acabou ocupando a mesa. Nessa perspectiva, ele parecia ainda mais alto e corpulento. Depois de um silêncio rápido e profundo, ficou fácil perceber que aquele seria o momento adequado para fazer as perguntas que até ali ninguém havia dirigido a Lísias. Ele estava inebriado com a paisagem e a emoção com certeza o faria revelar detalhes da exposição e da fuga do Brasil.

Ao contrário do que várias fontes afirmaram à reportagem, Lísias é um homem controlado e seguro. Com voz pausada, ele explicou que deixou o Brasil para trás quando notou que ficaria com uma parte injusta da venda de seus trabalhos. Lísias gostaria de pagar os impostos, afirmou sorrindo, só que isso o impossibilitaria de viver de sua própria obra de maneira digna.

"O sistema financeiro de nosso país é abusivo e favorece a ilegalidade ou as batalhas jurídicas intermináveis." Se não fugisse, Lísias continuou sorrindo enquanto a reportagem ficava pasma, teria que a cada seis meses ir à frente de um juiz e também discutir todas as semanas algum tipo de recurso com seus advogados. "Pode existir algo mais contrário à criatividade?", Lísias perguntou enquanto a reportagem concordava com um gesto de cabeça.

O segundo dia de visita à casa de Lísias terminou com a reportagem deixando de fazer a pergunta essencial nesse momento: então o senhor está criando? Pelo que ele deu a entender, sim. O próximo passo seria saber se o entrevistado continuava com as artes plásticas ou se havia retornado à literatura.

Confusa, a reportagem se despediu já sabendo que o terceiro encontro, outra vez, só poderia acontecer dali a quarenta e oito horas. O intervalo foi bom para a reportagem refazer suas impressões e reformular as perguntas, a partir do que aconteceu no segundo dia.

*

Na terceira visita, a reportagem foi recebida por Lísias na sala principal da casa. Havia algo estranho no comportamento dele, talvez uma intimidade diferente da que se criou nos dois primeiros encontros. Para não arriscar perder o rumo outra vez, a reportagem perguntou sem mais demora se Lísias continua criando.

Ele riu e apontou para o jardim interno da sala. Depois, em um gesto ainda mais sutil, lembrou o gramado e os canteiros muito bem cuidados que estão em todo o caminho da casa à edícula. Agora tudo ficou claro: ele está se dedicando, com o mesmo afinco e obsessão de antes, à jardinagem.

O resultado final é lindo.

A reportagem não é capaz de recordar o momento em que Lísias abriu a primeira garrafa de vinho italiano da tarde. Foi fácil constatar, porém, que as acusações de arrogância, solipsismo e comportamento destrambelhado que recaem sobre Lísias no Brasil são absurdas. O que as pessoas queriam? Depois de um manifesto que lembra os melhores textos modernistas e uma exposição que chamou atenção do mundo inteiro, que Lísias ficasse com uma parcela tão pequena do dinheiro das vendas que mal conseguiria comprar um apartamento?! Um absurdo.

Na Suíça, ele pode continuar criando com mais conforto. Essas fontes são todas invejosas, a reportagem teve certeza ainda nessa terceira visita, quando Lísias a currou pela primeira vez com toda força. Seu pau imenso e poderoso entrava e saía da reportagem sem dó. No final da primeira vez, havia algum sangue no lençol da cama suíça de Lísias. O cheiro de êxtase no ar, misturado com o que saía de um pequenino vaso no quarto, era indescritível mesmo para um perfil como esse.

Na quarta visita, Lísias mostrou à reportagem sua rara coleção de vinhos italianos. Generosamente, ele abriu uma das garrafas mais raras, o que embeveceu a reportagem a ponto de querer ser comida pela primeira vez naquele dia na cozinha mesmo. Depois, o anfitrião ofereceu-se para mostrar a horta, mas a reportagem preferiu não sair da casa e pediu para ser currada no sofá da sala, perto do lindo jardim interno.

Não faltarão oportunidades para conhecer a horta de Lísias.

Fisiologias

Fisiologia da memória

I

Descobri a razão do meu incômodo com os escritores claros: eles não têm problemas de memória. A limpidez denuncia uma inteligência simplista. Quem chora porque não consegue verbalizar um trauma é uma pessoa profunda.

Descobri meu incômodo com os escritores claros na Polônia. É uma lembrança muito nítida. Senti, a mais ou menos quinhentos metros de um pequenino terminal de ônibus na Cracóvia, a solidão mais intensa da minha vida.

Um ano depois, quando resolvi resgatar na memória o momento mais solitário da minha vida, percebi que a sensação não é ruim. Ela não me faz sofrer.

Estou sentado em um banco sozinho. Não há ninguém por perto e nenhum som. Muito longe, percebo que duas senhoras estão em um banco idêntico ao meu. É um quadro.

A solidão é física. Ela causa uma falta de ar moderada e um tênue formigamento nas pernas. O estômago fica pesado e a vista embaça. Não é possível descrever uma solidão muito intensa.

Lembro apenas da minha imagem na Cracóvia, em 2005. Não é uma lembrança ruim. As recordações que me torturam não são imagens congeladas, mas filmes de mais ou menos três minutos. Tenho quase dez na cabeça. De vez em quando eles retornam e me causam um sofrimento muito forte.

II

A minha lembrança mais sofrida dura três minutos. Ela se passa em Buenos Aires, especificamente no Aeroporto de Ezeiza, onde Perón causou um massacre ao retornar do exílio em 1973. O taxista me contou que se lembrava daquele dia: ele estava em casa assistindo à televisão. De repente, cortaram.

Minha lembrança começa quando ele disse pode deixar que eu pego e vai até quando vejo o corpo dele desmaiado, no meio-fio do estacionamento do Aeroporto de Ezeiza, bem ao lado da minha mochila. Ele é careca e gordinho. Minha bagagem está pesada porque comprei um monte de livros.

Embarquei na Plaza San Martín e quando passamos por trás da Casa Rosada, perguntei-lhe se é verdade que há um túnel ligando a sede do governo a algum outro lugar. Onde é o final do túnel?

Ele me olhou surpreso e deu uma explicação estranha. Não entendi muito bem. O taxista, então, me disse que se eu tivesse tempo, pelo mesmo valor da corrida até o Aeroporto de Ezeiza, ele me levaria a alguns dos pontos de Buenos Aires que se tornaram históricos por causa de Evita.

Aceitei e no final da corrida, um pouco antes de se oferecer para pegar minha mochila, já no aeroporto onde Perón causou um massacre em 1973, ele me disse que o Museo Evita vale um passeio. O Museo Evita vale um passeio.

Depois afirmou que pegaria minha mochila. A partir daí, lembro-me de tudo. De vez em quando a recordação volta e eu sofro. Ele estaciona o carro, fala um pouco mais sobre a primeira-dama mais extraordinária que o mundo já teve e sai. A porta dele se fecha antes que eu abra a minha. Ele vai até a parte de trás do carro, tira com algum esforço a bagagem e depois, ao fechar a porta, acerta-a com toda força na própria cabeça. Quando o encontro desmaiado junto da minha mochila, percebo que há algum sangue logo acima da testa.

III

Não é uma lembrança estática. Com essas, sofro menos. Não me incomoda lembrar o momento mais solitário da minha vida. Eu estava sentado em um banco na Cracóvia, sozinho e sem entender uma palavra da língua dos poloneses. A quinhentos metros, duas senhoras estavam em um banco idêntico ao meu. É um quadro.

Em Ezeiza, o taxista está desmaiado ao lado da minha mochila. Ela caiu tombada e o corpo dele se estende entre a minha bagagem e o carro. O porta-malas continua aberto. Algumas pessoas já se aglomeram, mas estamos naquele instante em que ninguém se move. Todos nos certificamos de que o taxista acertou mesmo a porta na cabeça.

Apenas isso. Apenas isso e não um tiroteio ou um atentado (era dezembro de 2003). Estou parado na calçada a um metro e meio dele. Enxergo claramente a pequena mancha de sangue, imóvel e escura, um pouco acima da testa. Há alguns outros táxis parados, nenhum muito perto. Faz um dia de muito sol e eu recordo, agora, que o suor acaba fazendo minha camiseta colar-se à pele das minhas costas. O taxista veste uma camisa azul por dentro da calça jeans, apertada por um cinto cáqui já envelhecido. Ele tem uma barriguinha. Minha mochila é verde, com alguns detalhes vinho. Não fechei o zíper de um dos compartimentos laterais. O asfalto da rua parece novo e o piso da calçada está bem cuidado. Não há lojas naquela parte do aeroporto. Acho que estou próximo ao ponto de ônibus. Não tenho nada nas mãos, o que hoje acaba sendo um problema, já que não consigo lembrar onde está a mochila menor que eu carrego para todo lado. No caminho até Ezeiza, ela com certeza veio no meu colo.

 Então alguém se move em direção ao taxista, desmaiado entre o carro e a minha mochila.

IV

Voltei a Buenos Aires em fevereiro de 2004. Antes de sair do aeroporto, fui ver o local onde o taxista desmaiou. No caminho, sofri muito. Fiquei com dificuldade para respirar, minhas mãos coçaram um pouco e meus olhos, o que sempre acontece quando estou em um momento difícil, começaram a projetar uma tensão estranha acima das sobrancelhas.

 Tive que parar e respirar fundo várias vezes durante o trajeto. Quando cheguei, consegui identificar perfeitamente o ponto onde o taxista desmaiou. Ele morreu. Ele não morreu, mas para mim ele tinha morrido. Sentei-me sobre a minha mochila, que ficou tombada no mesmo lugar que o corpo dele, e senti muita vontade de chorar. Mas não chorei. Não gosto de chorar.

Depois de alguns minutos, um taxista se irritou comigo, pois queria estacionar. Ele buzinou e eu fui embora.

Naquele mesmo dia, visitei o Museo Evita. Fica na calle Lafinur, acho que em Palermo Viejo. Não tenho certeza sobre Palermo Viejo, mas toda quanto à calle Lafinur. Calle Lafinur. Calle Lafinur.

O Museo é fraco e quem já visitou alguns pontos de Buenos Aires que se tornaram históricos por causa da primeira-dama mais extraordinária que o mundo já teve não vai aprender muito. Mas achei linda uma das imagens de Evita com Perón, logo na primeira sala. Apesar da proibição, consegui fotografá-la.

Quando baixei a imagem no meu laptop, de volta ao hotel no centro de Buenos Aires, notei que o anel que Perón tinha acabado de dar a Evita desaparecera. Retornei no dia seguinte à calle Lafinur, e de fato o anel tinha sido roubado da imagem do Museo também.

V

Saí desnorteado para a rua. Andando pela calle Lafinur, tropecei no meio-fio duas vezes. Eu não conseguia parar de olhar para as mãos das argentinas. Em fevereiro de 2004 elas tinham dedos muito feios.

Algumas usavam um anel. A maioria não. Pouquíssimas tinham mais de um na mesma mão. Não olhei para as duas mãos de uma mesma mulher da Lafinur. Acho que nas outras ruas fiz isso algumas vezes. Na Callao, de fato terminei caindo no chão.

Não desmaiei. Levantei muito rápido e continuei olhando para as mãos das argentinas. Algumas usavam um anel, mas pouquíssimas tinham dois na mesma mão. Não me lembro de ter visto ninguém com três anéis em apenas uma das mãos. Nem na calle Lafinur e nem em nenhuma das outras ruas.

Infelizmente, não encontrei o anel de Evita. Em fevereiro de 2004, nas ruas do centro de Buenos Aires, ele não estava nos dedos de nenhuma mulher argentina. Olhei para as mãos de todas no perímetro da Lafinur até Puerto Madero. No perímetro da Lafinur até um dos lugares mais cafonas da capital argentina.

Não encontrei o anel que Perón deu para a primeira-dama mais extraordinária que o mundo já teve. Na rua, as argentinas movem as mãos muito devagar. Vi que elas usavam um anel, é verdade, mas pouquíssimas colocavam dois na mesma mão.

E nenhuma, absolutamente nenhuma, usava o anel que Perón tinha dado para Evita, a primeira-dama mais extraordinária que o mundo já teve. Frustrado, voltei ao hotel e consegui antecipar minha passagem de volta ao Brasil para o dia seguinte. Era fevereiro de 2004 e eu não estava mais obcecado pela Argentina.

VI

Resolvi voltar ao Brasil antes da data que tinha planejado. Poucas vezes eu me sentira tão frustrado. Alguma coisa mudou em mim em fevereiro de 2004 e não ter conseguido recuperar o anel de Evita apenas me deixou mais angustiado.

Antes de entrar na sala de embarque, fui até onde o taxista tinha morrido. Eu não chorava havia uns dez anos, mas não foi ali, outra vez. Como o movimento era grande e o filminho com a imagem dele caído começou a voltar na minha cabeça, resolvi entrar logo no aeroporto.

    Meu voo ainda demoraria muito para sair. Estacionado em um portão distante vi um belo avião da Japan Airlines parado. As pessoas estavam entrando. Sentei em uma das poltronas mais próximas ao vidro e fiquei admirando o logotipo da Japan Airlines, a JAL. Minha angústia aos poucos foi aumentando (nunca é de repente), até que, pela primeira vez em uns dez anos, em fevereiro de 2004, comecei a chorar. Foi no Aeroporto de Ezeiza em frente a um avião da Japan Airlines. Não era um choro discreto, que eu pudesse esconder. Eu chorava muito, chorava tanto porque o meu taxista, o meu guia sofisticado de turismo, tinha morrido e eu não conseguia esquecer, e eu sabia que jamais esqueceria, e chorava daquele jeito porque logo o meu amigo André iria se matar, e chorava sem nenhum controle, do jeito que mais me incomoda, sem nenhum controle, porque o André morreu sem conhecer os livros do Roberto Bolaño, não é justo, e eu também sabia que nunca mais iria esquecer: quando a polícia encontrou o corpo do meu amigo André, enforcado lá naquele lugar, havia uma sacola de uma livraria em cima da mesa, com o *Noturno do Chile* dentro, ele tinha acabado de comprar *Noturno do Chile*, então voltou para onde estava morando e se enforcou sem abrir o livro, ele colocou a sacola na mesa e se enforcou logo depois, e eu chorava daquele jeito porque o André nunca mais iria aos meus lançamentos, eu chorava muito, na frente do avião da Japan Airlines, porque as pessoas dizem que eu sou cerebral e eu chorava daquele jeito, como nunca, porque os meus ex-professores da universidade iriam se tornar o que eles se tornaram mesmo e eu chorava porque não consegui encontrar o anel de Evita; tinha sumido, o meu inferno em Campinas já tinha passado, mas o André se enforcou sem conhecer a obra de Roberto Bolaño e chorava, eu chorava muito porque estava voltando para o Brasil, e o Brasil não é radical, o Brasil anula o radicalismo para continuar sendo o Brasil, eu não conseguia parar de chorar por causa disso tudo, porque não achava justo o André se enforcar, o anel de Evita desaparecer, as pessoas dizerem que eu sou cerebral e o meu taxista ter morrido, eu não achava justo e então em fevereiro de 2004 eu só chorava, só chorava.

Fisiologia do medo

I

Aos trinta e quatro anos, comecei a ter problemas para dormir.

Recentemente, tenho acordado no meio da noite várias vezes. Desde 2009, também, de vez em quando demoro demais para adormecer. Não se trata de insônia: quando desperto de madrugada, volto a dormir. E se não consigo pegar no sono depois de me deitar, como sempre aconteceu, acabo despertando mais tarde na manhã seguinte.

Invariavelmente ao acordar durante a madrugada, percebo que estava sonhando com o André enforcado. A imagem do corpo pendurado sempre aparece na minha cabeça. O que varia é a situação. Às vezes, surge um filminho em câmera lenta com tudo o que ele fez antes de se enforcar.

É estranho: ele chega na casa onde morava, bebe um copo de água, coloca a sacola da livraria em cima da mesa (ele tinha acabado de comprar *Noturno do Chile*), pega uma cadeira na cozinha e sobe. Outras vezes, o que enxergo é o ambiente onde ele se enforcou. Então não é um filme, mas um quadro. Pesadão, o corpo dele já está pendurado. Nessas ocasiões, acordo muito suado e, em duas delas, acabei chorando.

    Quando demoro para dormir, porém, não há nenhuma ligação inicial com o suicídio do André. Ou melhor, não pego no sono e isso me irrita, então inevitavelmente me vem à cabeça a enorme solidão que o André devia estar sentindo antes de se enforcar.

    Acho que não vou conseguir escrever exatamente o que eu quero, como sempre. É uma sensação desagradável: parece que não existe uma forma adequada para o que estou tentando comunicar. Isso me causa dois sentimentos, talvez antagônicos e muito possivelmente complementares. Um é a solidão, já que sempre resta a impressão de que não vai ser possível dizer o que quero e, pior, também não vou conseguir expressar essa impossibilidade. Por outro lado, nunca vou me suicidar, pois a mesma incompletude exige que eu repita tudo de novo, de um jeito um pouco diferente. Sempre haverá algo à frente, portanto.

    São esses sentimentos, e mais um que não vou verbalizar, que marcaram os dois últimos anos da minha vida, os mesmos que se seguiram ao suicídio do meu amigo André.

II

Não vou escrever sobre o terceiro sentimento porque ele é bom. Como nunca consigo dizer exatamente o que quero, não daria certo e eu acabaria com uma forte sensação de que algo, por menor que seja, se frustrou.

    A literatura, portanto, impõe um fracasso, ainda que relativo e pequeno, em tudo o que a envolve. Não quero falar do terceiro sentimento porque talvez ele tenha sido a melhor experiência que tive nos últimos tempos.

A pior foi o suicídio do André. Não é bem isso: meu amigo André se enforcou em julho de 2008. Mas comecei a ter problemas para dormir apenas no ano seguinte. Graças ao terceiro sentimento, que não vou revelar aqui, não tive problemas maiores. Não vou nomeá-lo para não deixar algo faltando em um acontecimento tão importante para mim.

No que diz respeito ao autor, a literatura impõe um forte sentimento de incompletude. Só não acontece com os escritores simplórios. Esses que acham ser possível contar uma história com limpidez e clareza. É uma gente tosca.

Segundo a polícia, o André se enforcou entre 28 e 30 de julho de 2008. Quando eu soube, fiquei vagando a noite inteira pelo bairro de Pinheiros. Nos meses seguintes, racionalizei tudo, inclusive tentando me convencer de que ao se enforcar ele acabava com o próprio sofrimento. Hoje, sinto vergonha de ter pensado uma coisa dessas. Naqueles meses, porém, foi o que me acalmou. Mas quando entrou 2009, comecei a ter problemas para dormir.

III

O André passou cinco dias comigo antes de se enforcar. Tenho tudo muito claro: ele chegou na minha casa, em uma noite quente, reclamando um pouco das duas "instituições" onde estivera internado. Depois, saímos para comer alguma coisa e ele me mostrou os documentos que estava preparando para ver se conseguia uma carteira de deficiente físico. Com ela, pretendia nunca mais pagar condução. Ele estava, finalmente, resolvido a assumir os problemas de surdez que escondia desde que o tinha conhecido, uns dez anos antes.

Fui deitar e do quarto o ouvi fazendo barulho a noite toda. Acho que o meu amigo não dormiu nada. De manhã, descobri que ele tinha quebrado a minha máquina de café espresso. Naquele dia, saiu cedo. Logo, descobri que ele tinha colocado uma campainha no meu computador. A cada três minutos um assobio enchia a casa por dez segundos e só parava quando o computador era desligado. Claro que desse jeito não consegui trabalhar.

O André voltou à noite e quando pedi para desligar a tal campainha (ele tinha feito quatro semestres de Ciência da Computação antes de ir para Letras), ficou encabulado de verdade. Tentando desfazer o mal-estar, resolveu preparar "escondidinho de carne-seca" para a janta. Enquanto isso, falava sem parar. Não sei como, mas ainda antes de comermos, ele quebrou a batedeira e um rádio-relógio que eu tinha desde o tempo da república em Campinas.

No dia seguinte, depois de ouvi-lo fazer barulho de novo a noite inteira, descobri que o computador não funcionava mais. Do mesmo jeito, dois botões do forno de micro-ondas tinham afundado. Em compensação, o André estava se dando muito bem com os meus dois gatos, que pareciam por sua vez adorar a situação psicológica dele.

Comecei a sentir medo. Na terceira noite na minha casa, ele estragou a televisão e o aparelho de DVD. Achei que devia falar que aquilo precisava ter um fim, mas então ele disse que pretendia ir embora no dia seguinte.

Antes de dormir ele fez algo que me envergonha até hoje. Resolveu dizer que se não pudesse mais me "proteger", por algum motivo, eu poderia confiar nesses e naqueles conhecidos. Mas em alguns outros, terminantemente não. Ele falou os nomes de todo mundo e eu ouvi. Hoje, acho que devia tê-lo feito parar, talvez ao menos para diminuir o inventário de tanta coisa que não consigo esquecer.

Conforme tinha prometido, na manhã seguinte ele foi embora. De novo, pelo barulho que fazia à noite, não deve ter dormido. Eu adormecia, mas acordava de vez em quando com os barulhos dele. Quando nos despedimos, eu estava exausto com a falta de sono regular dos últimos dias. Por isso, acho que não me lembro do rosto dele enquanto apertávamos as mãos.

Naquela noite, sozinho e com todo o apartamento quebrado, senti muito medo. Só uma vez, pelo que me lembro, senti tanto medo na vida. Uns poucos dias depois recebi um telefonema dizendo que o André tinha se enforcado.

IV

O medo que senti quando o André começou a quebrar o meu apartamento e sobretudo depois que ele foi embora era indefinido e bem pouco apreensível. Eu não sabia muito bem porque temia tanto, embora não tivesse a menor dúvida de que era por causa de algo relacionado a ele. Considerei muita coisa (preciso ser justo), inclusive a possibilidade de ele se matar. Mas não consegui concluir que era isso que me assustava tanto. Mais três ou quatro dias cheios de medo e me ligaram avisando que a polícia havia acabado de encontrar o corpo enforcado do André.

A palavra enforcado. O André estava muito gordo e quando não consigo me livrar da imagem dele enforcado sinto uma enorme vontade de chorar. A imagem do corpo gordo do André enforcado me aterroriza.

Senti um medo assim tão intenso apenas uma outra vez na vida. Nesse segundo caso, era uma situação específica e meu temor tinha um motivo palpável: se você voltar aqui, o cara falou, ou me criar algum problema, mando te matar. Fiquei com muito medo e no caminho de casa, naquela noite, acabei cagando nas calças.

Claro que senti medo em muitas outras situações. Estou me expressando mal: nos dias que antecederam o suicídio do André e nessa segunda situação, fiquei apavorado. Agora sim cheguei muito perto do que quero dizer. Quando o André foi embora do meu apartamento, depois de destruí-lo, ele me deixou cheio de pavor.

Eu sou medroso?

Acho que não. Mas não gosto muito de andar de avião e tenho bastante receio de turbulências. Uma vez, no Chile, a turbina direita começou a pegar fogo e tivemos que descer do avião naquele escorregador. Fiquei com medo.

V

Apavorei-me, do mesmo jeito, quando o dono (ou o administrador) de um cassino clandestino na avenida Pompeia me disse se você voltar aqui, ou me criar algum problema, mando te matar. Desde ontem, estou tentando lembrar se isso aconteceu antes ou depois de o André se enforcar. Do jeito que estou me expressando, antes ou depois parece um detalhe menor.

Para a literatura, deve ser mesmo, mas para mim é fundamental. Preciso muito descobrir se aprendi o que é o pavor por causa da morte do André ou se foi por um motivo fútil. Não sei o que é pior para mim. Se eu tiver aprendido o que é o pavor com a visita e depois o suicídio do André, meu desconforto só aumenta: não aceito que possa existir nada de bom em uma situação ruim e que não deveria ter acontecido.

Mas se eu tiver aprendido o que é o pavor com a ameaça do dono (ou administrador) do cassino clandestino, então acabei internalizando algo terrível por uma razão fútil. Eticamente, a única saída é considerar o pavor um sentimento desimportante. Mas não posso fazer isso, pois até o medo, que é sempre menor e mais controlável, me incomoda. Não vou negar o pavor, portanto.

Nos meses que se seguiram ao suicídio do meu grande amigo André Silva, fiquei com raiva dele, pois meus defeitos acabaram muito expostos. Quando me acalmei, no começo de 2009, comecei a ter problemas para dormir, o que acabou se estendendo por todo o último biênio.

VI

Eu estava devendo um pouco menos de cinco mil reais no cartão de crédito e não via nenhuma maneira de pagar. Qualquer trabalho a mais atrasaria o cronograma de redação do meu romance novo. No Brasil, só esses escritores que utilizam uma linguagem clara e acreditam na limpidez têm dinheiro.

Encontrei um velho amigo do xadrez que hoje trabalha na polícia e, por um motivo de que já não me lembro, reclamei dos meus problemas financeiros. Ele me passou o endereço do cassino clandestino e me disse que o pessoal do pôquer, nesse lugar, era meio ingênuo. Você consegue a grana, mas é por sua conta e risco. A senha é irmão, irmão.

Irmão, irmão e me abriram a porta. Disse que um amigo tinha me indicado e comprei quatrocentos reais em fichas. Se eu perdesse, estaria mais ou menos arruinado.

Uma espécie de *hostess* me levou até uma mesa com um cara esquisito e outros quatro idosos. A casa adotava o *Texas Holdem* com o baralho tradicional mesmo.

Não me lembro quanto apostei na mão inicial, mas sei que logo corri. Saí com um ás e mais nada e não quis arriscar. Quem levou o pote foi uma senhora com o cabelo vermelho. Toda simpática, ela adorou ganhar dos queridos, como dizia.

Na segunda mão uma trinca me garantiu o pote sem grandes problemas. A partir daí fui sacando as pessoas da mesa: todos um tanto medrosos e de fato ingênuos. Quando eu não tinha nada, demorava um pouco para jogar, fingindo que estava calculando. Acho que corri em apenas mais uma das mãos e em duas horas eu tinha por volta de mil e quinhentos reais em fichas.

Não consigo descrever o ambiente direito. Estava muito concentrado para compreender aquele lugar. Não sei dizer se havia tráfico ou prostituição. Como gosto de jogos, vou fazer uma aposta: eu diria que não. Acho que era apenas um cassino clandestino funcionando nos fundos de uma espécie de salão de festas infantis. Devia ser um ambiente familiar (sem ironia), até onde isso pode ser possível para uma atividade ilegal. Algum grupo mafioso que adora a população cosmopolita de São Paulo devia controlar o cassino.

Quando eu já estava com uns dois mil em fichas e tinha esquentado, uma espécie de leão de chácara me obrigou a ir até uma salinha na lateral do guichê de venda e troca de fichas. Comecei a tremer, apavorado.

VII

Um velho meio careca, usando uma calça de moletom e uma camisa, detalhe que não me escapa até hoje, não me pediu para sentar e me disse não quero saber quem contou do cassino para você. Você é um moleque bobo, um merda. Vou te dar mil reais, você vai embora e nunca mais volta aqui. Seu merda. Se você voltar aqui ou me criar algum problema, mando te matar.

Ele se levantou, viu que eu estava tremendo e, enquanto colocava as notas no bolso da minha jaqueta (o desgraçado só me deu novecentos reais), falou tá vendo como você é um merda. Eu mando te matar.

Saí na rua e comecei a correr, subindo a ladeira da avenida Pompeia sem olhar para trás. Tentei fixar na cabeça se tinha visto uma arma. Acho que não.

Quando cansei, tive um pequeno estalo, que percorreu meu corpo com um calafrio. Como ele vai mandar me matar se não me conhece? Com certeza, então, havia alguém me seguindo.

Quando percebi isso, perdi o fôlego e parei de correr. Exatamente nesse momento, trêmulo por causa do medo e do frio, caguei nas calças. Não tive tempo nem iniciativa de procurar um banheiro. Como era quase meia-noite, ninguém conseguia ver o que estava acontecendo comigo. Mas, por razões óbvias, eu não podia ficar parado. Ninguém viu o que estava acontecendo.

Dá para ir a pé da avenida Pompeia ao meu apartamento. No caminho, senti um misto de vergonha e pavor. Eu olhava para trás e não conseguia entender se aquelas pessoas estavam me seguindo, rindo porque eu tinha cagado nas calças ou sequer haviam me notado.

Naquela situação, não podia tomar um táxi. Não havia chance de pedir ajuda. Eu estava inteiramente sozinho e, agora escrevendo, lembro que pensei no André enforcado.

Então, em uma sexta-feira à noite, subindo rapidamente a movimentada avenida Pompeia, morrendo de medo e cheio de merda nas calças, percebi o quanto o André estava se sentindo sozinho quando destruiu o meu apartamento e, uns dias depois, se enforcou.

O André estava terrivelmente sozinho.

Depois, já perto de casa, senti de novo muita raiva do André: ele me tinha feito descobrir quem eu sou e acho que eu sou exatamente o que o dono (ou o administrador) do cassino clandestino falou, olha aí, você é só um cagão.

Agora eu sei: o cassino clandestino foi depois. Aprendi o que é o pavor com o suicídio do André. Quando abri a porta, de volta ao meu apartamento com os novecentos reais no bolso, tinha certeza de ser mesmo um merda. Pois eu deixei o meu grande amigo André Silva se enforcar.

Fisiologia da dor

I

Estou cansado e acho que vou deitar logo. Sinto-me mal desde cedo. Tenho medo de não acordar melhor amanhã. Minha segunda tentativa como artista plástico fracassou. A primeira já tinha terminado, há uns cinco anos, de um jeito patético. Desta vez, achei que iria conseguir e fiquei vinte e um dias pensando no objeto que estava concebendo. Mesmo quando dava aula ou jogava xadrez, minha cabeça não conseguia se desligar do projeto. Em momento algum considerei a possibilidade de dar errado. Durante essas três semanas, senti uma excitação muito forte. Quando contratei meu aluno para manipular os documentos, voltei para casa bastante feliz. Depois, ao receber o trabalho dele, que tinha ficado excelente, não consegui parar de olhar os arquivos por muito tempo. Acho que fiquei umas duas horas na frente do computador, sentindo uma empolgação que dificilmente me atinge.

Hoje cedo, porém, quando terminei de montar o objeto e vi que ele tinha ficado tosco, fui tomado por uma sensação muito forte de tristeza, misturada com desânimo e frustração. Também me senti um pouco ridículo e bastante derrotado. Tudo isso junto. Perdi o dia inteiro.

Não consegui me organizar, atendi à ligação de uma pessoa achando que era outra, fui derrotado em todas as partidas de xadrez que disputei pela internet, traduzi apenas uma lauda (estou com um terço do livro atrasado) e senti vontade de chorar por várias horas. Não tive coragem de olhar para a pasta: o meu objeto ficou tosco.

II

Não acordei bem, como eu temia. Não consegui dormir direito. Lá pelas tantas, tentei chorar, mas não fui capaz. Também não vi a menor possibilidade de ter uma explosão de ódio. Para mim, as lágrimas e a raiva se complementam. Como sempre tive muita dificuldade para chorar, uso os acessos de ódio para me libertar. Mas não tive a menor chance dessa vez. Levantei agora e, enquanto tomava café, senti uma sensação horrível de derrota. É um fracasso que se manifesta no corpo. Acho que estou sofrendo tanto porque passei vinte e um dias convencido de que finalmente conseguiria produzir um trabalho de artes plásticas e, em quinze minutos apenas, descobri que a pasta que estava projetando ficou ridícula.

Coloquei expectativa demais nesse trabalho. Com a literatura, já sei que não vou conseguir dizer o que eu quero da maneira que acho a ideal. Então, terei que fazer repetições. Apesar de conseguir, com isso, uma espécie de alívio contínuo para o mal-estar que sinto, por outro lado a certeza da incompletude da escrita também me angustia. Por isso, achei que as artes plásticas resolveriam o meu problema.

Ao contrário, agora tenho medo de que arte nenhuma aplaque o sentimento de que não vou conseguir dizer exatamente o que quero na forma que julgo a mais adequada. Eu jamais conseguiria fazer um filme. Não posso suportar algo que exija a participação de tanta gente. Seria uma invasão muito grande à minha intimidade. Eu achava que com as artes plásticas talvez tivesse essa distância. Com a música, nem pensar.

III

Devo parte da minha ilusão com essa segunda tentativa ao agravante de cada uma das partes ter ficado excelente. Enquanto ainda estava pensando nos documentos, encomendei o carimbo que daria título à pasta e abriria o projeto. Cada um dos envelopes teria um selo comum, esse carimbo, que imitava exatamente o dos correios (fui a uma agência pegar um modelo), e o endereço escrito à mão, para reproduzir a autenticidade que eu estava planejando. E, de fato, o carimbo ficou ótimo:

No entanto, quando fechei o envelope, com a carta dentro, carimbei-o e escrevi o endereço, percebi que tinha ficado tosco. Foi o início da minha decepção. Enquanto completava a pasta (faltava então apenas imprimir o resto do projeto), o desânimo crescia e minhas pernas foram ficando moles. Ao terminar e colar o selo na cartolina interna da pasta que seria o modelo para as outras, tive a certeza de que havia fracassado. Meu segundo trabalho como artista plástico ficou tosco e inexplicavelmente uma dor intensa, prolongada e muito profunda, me derrubou. Não consegui fazer nada o resto do dia. Acho que apenas duas outras vezes na vida sofri tanto. Nenhuma dessas ocasiões tem qualquer ligação com a arte.

IV

Minha postura enquanto montava o projeto também colaborou para a decepção posterior. Como cada uma das partes ficava paulatinamente muito boa, logo comecei a me sentir um verdadeiro artista plástico. Percebi que tinha assumido esse papel no episódio da negociação dos selos que pretendia colar na parte interna de cada uma das pastas. Localizei um comerciante na internet e encomendei um pacote com setenta selos. Mas eu não queria um conjunto filatélico qualquer. Pedi setenta selos que, no mínimo, chamassem atenção por algum motivo. Logo o comerciante me escreveu perguntando as características da minha coleção, para "me atender" melhor. Respondi, todo orgulhoso, que não tenho nenhum interesse em filatelia e que os selos eram para uma obra de artes plásticas. Ele, então, disse que era um prazer atender um artista. Eu me senti bem descrevendo o meu projeto e adorei discutir com ele o formato e a idade adequada dos selos. No final, outra vez, fiquei bastante satisfeito.

V

O naufrágio da minha primeira experiência como artista plástico, ao contrário do que estou vivendo agora, não me doeu tanto. Fiquei irritado com o prejuízo, senti alguma sensação de ridículo, mas em dois dias a coisa toda foi superada. Agora, o sentimento de fracasso e de incompletude não me larga há uma semana. Não devia estar doendo tanto: da outra vez, inclusive, o projeto era muito mais ambicioso. Comprei um aquário de um metro de largura por noventa centímetros de altura e acho que cinquenta de comprimento. Coloquei uma rosa dentro. A ideia era escrever um diário, mesclando texto e fotos, sobre o que aconteceria até a planta se decompor. A última entrada seria uma descrição, com a flor já desaparecida, do estado da água. Eu só estava em dúvida se deveria expor, por fim, o aquário com a água que tinha sobrado ou se apenas o diário já serviria para a minha estreia nas artes plásticas. Depois de três dias, cansei e troquei a água. No lugar da rosa, coloquei um exemplar em alemão do primeiro volume de *O capital*, o clássico de Karl Marx. O diário estava indo bem (as fotos, nem tanto) até a síndica aparecer na minha porta para dar um recado qualquer e fazer uma careta enorme ao ver o meu projeto no meio da sala. Tentei explicar que se tratava de um trabalho de artes plásticas, mas ela não quis ouvir e disse que o prédio poderia até ser multado por não se preocupar com a disseminação da dengue. Estávamos vivendo um surto da doença. Eu tinha uma hora para jogar fora aquela água parada. Além disso, se quisesse criar peixinhos ornamentais, precisaria avisar o condomínio e seguir as regras para animais domésticos.

VI

Antes da minha segunda tentativa com as artes plásticas, essa pasta tosca, senti uma dor tão intensa apenas duas vezes. Percebo agora que ambas estão ligadas a um momento de transição na minha vida. Essa conclusão não me reconforta. Ao contrário: para onde estou indo agora?

Em 1988, tinha treze anos e, ao vencer o Campeonato Pan-Americano de Xadrez Infantojuvenil, obtive uma vaga para participar do Mundial da mesma categoria.

Minha classificação foi um acontecimento na família. Como não tinha patrocinador de nenhum tipo, meus parentes fizeram uma coleta para pagar as passagens até a Geórgia, uma das antigas repúblicas da ex--União Soviética. Houve também um debate para discutir se eu poderia ir sozinho (o Brasil não enviaria outros representantes). O problema era a quantidade de voos: de São Paulo a Frankfurt, de Frankfurt a Moscou, e de lá até a capital da Geórgia. Quem deu o veredicto foi meu avô, aliás o mais animado de todos: se ele joga bem xadrez, consegue chegar!

O torneio foi mais ou menos tranquilo até a semifinal, quando os quatro rapazinhos com menos de quatorze anos mais fortes do mundo se enfrentariam: Andrey Arnoldian, da Armênia (mas ali ainda jogando com a bandeira soviética) enfrentaria o francês Étienne Bacrot; eu teria as peças brancas contra o chileno Iván Morovic. Haveria portanto um confronto latino-americano, com maior ou menor intensidade conforme a crença de cada um na integração regional do Brasil.

O fato é que Morovic cometeu um erro inesperado no décimo quinto lance e levou mate no vigésimo segundo. Imediatamente, começou a chorar. Nas categorias abaixo de dezesseis anos, todos os enxadristas choram ao perder uma partida importante. Arnoldian venceu um jogo longuíssimo contra Bacrot. A final do Campeonato Mundial de Xadrez Infantojuvenil de 1988 seria entre Armênia (ainda sob bandeira soviética, já devo ter dito) e o Brasil.

Sozinho no hotel liguei para o meu avô, que soluçou de emoção. Minha mãe estava no trabalho, mas depois ligou para desejar boa sorte e dizer que, afinal de contas, eu já era o vice-campeão. Mas só o vencedor receberia o título de Mestre Internacional.

De repente, eu me vi traçando uma estratégia: como Arnoldian tinha jogado uma partida longa, estava cansado e eu vinha de um confronto mais curto, poderia prolongar nossa partida e explorar a estafa dele. É um artifício muito comum no xadrez, mas não no caso de crianças.

VII

Jogamos uma Índia da Dama e eu evitei ao máximo secar o tabuleiro. Ao contrário, quando pude, tranquei a posição. Chegamos a um final, depois do segundo controle de tempo, de cavalo meu contra bispo dele. Ambos estávamos muito calmos (o que não é coisa de criança) e acho que logo iríamos concordar com o empate. De repente, Arnoldian permitiu um duplo, trocando as peças médias. Calculei o final de peões e notei que, depois de algumas trocas inevitáveis, eu poderia fazer o meu peão de b saltar duas casas e meu adversário estaria em *zugzwang*. Venci a partida.

Refiz os cálculos respirando devagar. Forcei as pernas no chão, enxuguei a palma das mãos na bermuda e antes de mover o peão duas casas, resolvi pensar na minha família. A última imagem que me veio foi a careca do meu avô, que tinha uma queimadura de sol. Aquilo me preocupou no aeroporto, o que não é coisa de criança.

De repente, em vez de colocar o meu peão em b4, como eu sabia que devia fazer, empurrei-o apenas até b3 e perdi a partida. Não sei por que fiz isso e não estou tentando, vinte e dois anos depois, me justificar.

Parei de jogar xadrez faz tempo. Hoje, brinco de vez em quando, mas sou um jogador fraco. Sei que Arnoldian também desistiu do jogo. Não chorei depois da partida nem quando fui pegar a medalha de prata. Só mesmo ao encontrar meu avô no aeroporto falei algo meio estúpido: até que meu inglês deu certo...

Nunca tinha sofrido tanto. Nos três voos, parecia que minha pele se descarnara e que algo pegava fogo no meu corpo. Minha cabeça pesava uma tonelada e não dava para respirar direito. Eu estava percebendo algo decisivo na minha personalidade: mesmo que conseguisse ir longe, sempre restaria a sensação de que não deu inteiramente certo. Como se não fosse suficiente, nesse momento eu tinha consciência de que não era mais criança. A dor da transição foi terrível e por muitos anos tive medo de que ela voltasse.

VIII

Eu gostaria muito de reencontrar Andrey Arnoldian. Há algum tempo, descobri que ele se tornou professor de matemática e dá aulas no que corresponde ao nosso ensino médio em alguma cidade do interior da Alemanha. Se alguém conhecê-lo, peço que por favor diga para ele entrar em contato comigo, através do e-mail rlisias@yahoo.com.br. Tenho certeza de que ele se lembra de mim.

A dor voltou muitos anos depois, quando descobri que a imaturidade da juventude tinha ficado para trás. Pequeninas infelicidades ou até mesmo decepções maiores, todos vivemos. Mas uma dor devastadora, sobretudo porque carrega o sinal de que irá durar, não chega o tempo todo. No meu caso, ela reapareceu há mais ou menos dois anos, por volta das dez horas da manhã. E não à noite, o que é estranho. Atendi ao telefone e soube que a polícia havia achado o corpo do André enforcado algumas horas antes. No início, agi com uma serenidade que só pioraria as coisas. Avisei algumas pessoas e comecei a me preparar para ir a Campinas. Não senti vontade de chorar. Aos poucos, algumas imagens das tantas situações que eu tinha vivido com o André começaram a invadir minha cabeça e, do mesmo jeito, minha pele pareceu descarnar. No começo da tarde, com todo o meu corpo muito tenso, recebi outra ligação dizendo que, por causa dos procedimentos policiais, o enterro demoraria e não havia, portanto, motivo para ir imediatamente a Campinas. O André estava mesmo morto. O André tinha se enforcado. Saí de casa às oito da noite, sem conseguir ordenar direito a minha cabeça. Parecia que certas partes do meu corpo não existiam e outras não estavam mais sob meu comando. Além da pele. As imagens do André insistiam em aparecer, agora em câmera lenta. A última é a dele, na casa da minha mãe, ajoelhado antes do almoço, pedindo perdão a Deus por ter falado alguma besteira, minutos antes, para uma vendedora de temperos na rua. Então, tive um choque que me obrigou a sentar na calçada. No que tinha restado do meu corpo descarnado um tremor começou a passar uma forte sensação de injustiça: como era católico e tinha acabado de se enforcar, o André não iria para o céu. Não consegui chorar, mas dei um jeito, hoje me lembro que em grande estado de fúria, de entrar em uma igreja católica ali perto e pela primeira vez ajoelhei para rezar, não me recordo muito bem como, pedindo para o André ir para o céu, Senhor Deus, já que é muito injusto e talvez o Senhor, Senhor Deus, pudesse compreender o que o André estava passando, Senhor Deus, quando ele se enforcou e que eu não entendo, Senhor Deus, porque uma dor tão grande, Senhor Deus, possa impedir alguém de entrar no paraíso, meu Deus, ainda mais alguém, Senhor Deus, que estava sofrendo dessa maneira, daquele jeito, Senhor Deus, e no caso dele, ainda assim, Senhor Deus, se a dor não for suficiente, Senhor Deus, para o André ir para o céu, Senhor Deus, e é tão injusto, Senhor Deus, o André não ir para o céu, Senhor Deus, e é mentira, Senhor Deus, o André pode ir para o céu sim, Senhor Deus, porque eu o matei.

Fisiologia da solidão

I

Escrevo por dois motivos principais e por uma infinidade de outros, menos importantes. Não vou citar os menores, que inclusive me parecem bem mais interessantes para os leitores — motivos políticos, por exemplo —, pelo simples fato de que eles ocupariam muito espaço e, sobretudo, porque são facilmente perceptíveis nos meus textos de ficção.

Crio histórias sobretudo porque sou muito solitário. Depois, escrever é a melhor forma de autoconhecimento que encontrei até hoje. Fui psicanalisado por algum tempo, o que me ajudou um pouco. Mesmo assim, é a literatura que diminui o peso da minha solidão.

Acho importante deixar claro: ser solitário não significa, como muita gente pensa, estar sozinho. Já tive alguns relacionamentos amorosos sólidos, sempre encontro meus amigos e com alguns a amizade ultrapassa duas décadas, dou-me bem com a minha família e não sinto nenhum tipo de fobia social. Gosto de conversar. Ainda assim, sempre me senti isolado. Quando escrevi meu primeiro livro, sozinho durante um inverno desagradável em Campinas, percebi exatamente o motivo da minha solidão, embora só fosse ter consciência completa dela alguns anos depois. Sinto-me sozinho (descobri isso quando escrevi meu primeiro livro, sozinho durante um inverno desagradável em Campinas) porque nunca consigo expressar exatamente o que eu quero, e nem da forma que tenho certeza ser a mais adequada.

Não se trata de humildade. Sou arrogante: algumas vezes, cheguei perto. Mas o cerne do que quero dizer e a forma mais adequada (digo, a ideal para o que eu queria dizer — não estou conseguindo me expressar direito), apenas sei que existem, tenho toda a certeza de que estão ao meu alcance, mas não consigo tocá-los inteiramente. É como se em um determinado momento a comunicação falhasse. Acho patéticos os ficcionistas que continuam claros no século XXI, aqueles que fazem romances límpidos. São artistas vulgares. Pessoas ignorantes. A limpidez ficcional, no mundo contemporâneo, revela personalidades simplórias.

Esse isolamento é um sentimento íntimo. Apenas tateio a melhor forma de expressá-lo. Sei que se trata de uma variante muito aguda e intensa de solidão. Só tenho uma possibilidade de me aproximar desse mistério: através da técnica literária. Por causa dela, meu sofrimento é suportável.

II

A literatura ameniza minha solidão porque existe a técnica. Ela conforta e ao mesmo tempo me desafia: não tenho mais nada para me aproximar desse algo estranho que me impede de dizer o que eu quero, na intensidade necessária e com a forma adequada. Faço "experimentos de técnica literária" (não é bem isso) o tempo todo. E nunca consigo exatamente o resultado que desejo. Assim, na vez seguinte, vario um pouco. Mas não muito. Não a ponto de me afastar do que considero ideal. Estou perto, e isso aumenta a minha agonia.

Realizo pequenas mudanças. A técnica, portanto, é uma obsessão: é a mesma coisa repetida incontáveis vezes com algumas variações mínimas. A técnica literária tem muitas ligações com o sexo.

Quando escrevi o meu primeiro livro, acho que por causa de tudo isso, eu só pensava na literatura de Samuel Beckett. Era uma obsessão para mim. Não é bem isso: obcecar-me pela técnica permite que eu me torne menos solitário. A técnica faz companhia porque é a única maneira que tenho para tentar, vezes sem conta, dizer exatamente o que eu quero. O narrador é um amigo, por assim dizer.

III

A obsessão pela técnica revelou outro traço da minha personalidade: o gosto por repetidas variações com algumas mudanças. Tenho plena consciência de estar quase lá. Não posso, portanto, mudar muito cada vez que escrevo um texto de ficção. Se estivesse completamente errado, talvez não fosse tão solitário.

A bem da verdade, acho obsessões muito atraentes. Sempre as considerei um traço das pessoas fortes. Como, em grande parte, a segurança e o autocontrole. Todas essas características (força, segurança e autocontrole) me ajudam a definir a técnica literária.

Quando escrevi meu primeiro livro, durante um inverno desagradável em Campinas, estava obcecado por Samuel Beckett.

Hoje, compreendo que os motivos são quase exclusivamente formais. Li Beckett praticamente todos os dias entre 1997 e 2003. Nesse período, sempre havia um livro dele na minha mochila. Conheço toda a obra de Samuel Beckett. Deve ter sido a mais longa das minhas obsessões.

Acho que James Joyce é bem mais importante para a minha ficção. Mas por Joyce nunca fui obcecado. Sequer li rigorosamente toda a sua obra até hoje. Não conheço o teatro, por exemplo, e li muito por cima a poesia.

Em 2003, resolvi visitar Dublin. Eu não estava conseguindo escrever ficção (como não estou hoje, em fevereiro de 2010) e, ingenuamente, achei que conhecer a cidade de Beckett e Joyce me ajudaria. Minha ideia, para evitar muitos aeroportos, era ir de Londres até a cidade de onde partem as balsas para Dublin. Para não cansar muito, fiz uma parada na feia Birminghan. De lá, tomei outro ônibus para amanhecer no porto e atravessar para a Irlanda. O plano era conhecer Dublin muito bem e depois esticar até Belfast.

Mais ou menos duas horas depois de partir, o ônibus parou em uma cidadezinha. Uma garota entrou e veio se sentar ao meu lado. Ela devia ter por volta de vinte anos, carregava apenas uma mochila e, apesar do tempo gelado, usava minissaia. Notei que ela parecia incomodada com o frio. Sou muito solitário, mas não tenho nenhum problema social. Ofereci uma parte da minha manta para ela. Eu estava agasalhado com um grosso cobertor de lã que minha tia me trouxera do Peru. Muito bonito. É uma dessas mantas coloridas, não muito compridas, mas bem quentes. Ela aceitou e aproximou o corpo do meu. Levantei a divisória entre as poltronas. Aos poucos, a garota acabou se deitando sobre a minha perna esquerda e deixando só a cabeça para fora da manta que minha tia me trouxera do Peru. Quando ela se encostou no meu ombro, senti no pescoço o hálito quente. Ficamos mais ou menos uma hora assim, e notei que, bem de leve, ela estava acariciando o meu pau por baixo da manta.

Levei um susto enorme. Logo vi que a garota estava me causando uma ereção muito intensa. Ela também percebeu isso, pois começou a apertar meu pau com mais força. Um pouco depois, e completamente em silêncio, ela abriu o zíper da minha calça e, com um movimento cuidadoso, afastou a calcinha (não tenho muita certeza de que foi assim) e ergueu-se um pouquinho para ser penetrada. Foi tudo muito devagar: a manta que minha tia me trouxera do Peru quase não se mexeu. Ela estava muito lubrificada e meu pau deslizou sem a menor dificuldade.

Comecei a fazer movimentos com o quadril, mas imediatamente ela pressionou a mão esquerda na minha cintura, deixando muito claro que eu devia parar. A foda toda iria se dar apenas com o movimento do ônibus. Fiz uma força insuportável para não ejacular e devo ter aguentado por um pouco menos de uma hora. Nem depois que gozei, porém, ela se mexeu e acho que, embora minha ereção não continuasse tão intensa (em janeiro de 2003 eu tinha vinte e sete anos), mantivemos a penetração por mais uma hora. O tempo todo, ela não deu sequer um gemido.

A garota desceu mais ou menos quando faltavam duas horas para chegar ao porto de onde saem as balsas para Dublin. Não me disse nada, não me beijou e nem agradeceu pela divisão da manta. Fiquei apenas um dia e uma noite na cidade de Samuel Beckett e James Joyce. Não me lembro de nada. No outro dia, bem cedo, tomei a balsa de volta e fui de ônibus até a cidade onde, para mim, ela teria descido.

Minha crise criativa acabou junto com a obsessão por Samuel Beckett. Fiquei muito obcecado, alguns meses depois, pela literatura argentina, então pela Guerra das Malvinas e a seguir pela literatura contemporânea da América Latina.

IV

Escrevi, na cidade em que eu achava que a garota tinha descido, a última versão da minha novela *Dos nervos*. Na primeira edição, o texto foi publicado por uma pequena e simpática editora de São Paulo. Apesar de não termos feito nenhum esforço de divulgação, o livrinho foi muito bem.

Um pouco depois da publicação de *Dos nervos*, percebi que escrevo, entre muitos outros motivos, porque sou muito solitário. Sempre tinha sido, mas dali em diante (em algum momento de 2004), eu teria consciência disso.

Ser solitário não é uma condição necessariamente triste. Às vezes angustia, é verdade. No entanto, sei que terei ainda muitas variações técnicas, o que sempre me deixa esperançoso. Talvez seja quase isso que estou querendo dizer: a técnica me reconforta, pois quando a crise de solidão aperta, sei que há outras variações. Ou seja: a angústia vai passar.

Aqui percebo que a técnica literária, além de se parecer com o sexo, tem bastante ligação com o amor. Quando termina, aquela dor tão intensa, embora não pareça, vai desaparecer. Ou, dizendo de outro jeito: vai ser possível fazer diferente e com algumas pequenas variações. Talvez fique melhor.

Fisiologia da amizade

I

Eu e o Orlando nascemos no mesmo dia: 7 de julho de 1975. Não sei, porém, se foi por causa da data do nosso aniversário que entramos um ano antes na primeira série. Não tínhamos noção, mas estávamos adiantados. Aprendemos a ler antes de completar sete anos. A sala era pequena e os alunos demonstravam mais ou menos o mesmo nível.

Não me lembro de quase nada. O Orlando tinha uma lancheira maior que a minha e gostava de correr na hora do recreio. Eu detestava, mas de vez em quando ia atrás dele. A gente evitava o banheiro do pátio porque a loira morava na última portinha. O do corredor não tinha fantasma, embora eu também não gostasse de usá-lo. Meu amigo era mais corajoso.

Quando vinha alguma coisa especial na lancheira, a gente se escondia. Vamos atrás da quadra, devo ter proposto mil vezes. Ele gostava mais do teatro. Por algum motivo, nunca deixavam a porta trancada. Vencia a proposta de quem tivesse o doce mais gostoso. Minha mãe sempre mandava iogurte. Vinte anos depois, consegui finalmente completar uma ligação de Budapeste para ela: Procura um iogurte por aí, meu filho. Deve haver.

Não me lembro das preferências da mãe do Orlando.

A professora sempre aparecia de rabo de cavalo. Às vezes estava com o rosto tenso. O do Orlando, por sua vez, era muito branco e leve. Agora, consigo me recordar de outro detalhe: meu amigo tinha a cabeça arredondada. As sobrancelhas, não sei. As da professora eram delicadas e sempre bem-feitas. Nos dias em que ela aparecia nervosa, o rosto ficava enrugado. Acho que só percebi nas últimas aulas do ano. Tenho um bolo hoje, Orlando me falou no mesmo dia em que a professora colocou no gravador uma música que, naquele momento, não fazia nenhum sentido para a gente.

Em casa, minha mãe explicou que era uma canção de Chico Buarque. Outro dia, tentei ouvir tudo que ele interpretou até o começo de 1981, quando eu e o Orlando estávamos sendo alfabetizados, mas não consegui identificá-la. Separei duas ou três, mas é um chute. Por mim tudo bem, minha mãe falou. Mas tomara que essa moça não suba o tom.

Não sei se a expressão foi essa: Tomara que essa moça não suba o tom, mas minha mãe tinha muita simpatia pela professora. Ela é novinha e merece uma chance. Sem falar que tem uma excelente didática. O Orlando também sempre vinha com um ótimo carimbado no caderno. Com cinco ótimos a gente ganhava um sorriso vermelho tomando uma página inteira. Era o maior carimbo que a professora tinha.

Seis sorrisos dariam direito a uma coleção de livrinhos no final do semestre.

II

O Orlando não ganhou. No final de maio, quatro meses depois de nos conhecermos, ele sumiu. A professora passou várias semanas nervosa. Hoje, sei que a MPB a acalmava. Depois do desaparecimento do Orlando, ela começou a nos mostrar uma canção por dia, antes de o sinal tocar e a gente sair correndo para o ônibus. A escola tinha quatro e, por causa do bairro onde eu morava, acabei precisando ir com os garotos mais velhos.

Em casa contei que a professora tinha falado que, apesar de tudo, o Orlando não era culpado. O garoto é uma vítima, repetia nervosa, como todos nós. Minha mãe me respondeu que também não entendia o que ela queria dizer. Pergunto na reunião. Não sei se essa professora, continuou, percebe a idade de vocês.

Quando voltou da reunião, dois meses depois, minha mãe não comentou nada. Resolvi deixar de lado. Alguns dias antes, tínhamos ido visitar um primo dela que acabara de ser solto pela ditadura. Ele foi torturado, minha mãe avisou no caminho. Então, não olha muito para o rosto dele. A primeira coisa que percebi foi o enorme inchaço em um dos olhos.

Na volta, indignada e sem conter a emoção, minha mãe disse que na verdade a professora estava certa. Isso tem que acabar. Aliás, já está acabando. Um dia, essa gente vai pagar por tudo que fez.

Não me lembro do segundo semestre direito. Na primeira aula, procurei meu amigo Orlando. Ele não apareceu. Durante o resto do ano, a professora continuou tocando as canções. Ela gostava dos Novos Baianos e, em algum momento, tivemos que fazer um espetáculo. Fui o Caetano Veloso. Durante os ensaios, sempre que eu desafinava, a professora repetia a frase: Esse não é o tom. Devo estar fazendo uma confusão, já que era minha mãe que nunca deixava de dizer que precisávamos encontrar o tom certo. Não sei direito mais.

Tenho muita segurança, porém, de ter ouvido da minha primeira professora um conselho. Vocês precisam aprender a ler muito bem, mas o importante mesmo é entender a letra das canções. Acho que em setembro eu estava alfabetizado. Pessoas que se arriscam demais, como ela, são terrivelmente competentes. Nunca mais parei de ler graças a essa professora.

No final do ano, pedi para mudar de escola. Eu não tinha conseguido fazer nenhum outro amigo. Em casa, disse que não gostava do ônibus. Meus pais, então, me matricularam em uma escola mais próxima. Agora, você pode ir a pé.

Claro que procurei meu amigo no primeiro dia de aula. Ele não estava. Logo fiz amizade com um menino que morava na rua de trás e tinha vários livrinhos para trocar. Ele também gostava de Playmobil e começamos a planejar um bairro no quintal da minha casa. Mais dois meses e eu não me lembrava sequer do nome do Orlando.

III

Em 1992, onze anos depois, mudei de escola para completar as duas últimas séries do ensino médio em um colégio melhor e, no primeiro dia de aula, dei de cara com o Orlando. Ele mexeu o pescoço, reconhecendo-me. Como não havia carteiras vazias perto de onde ele estava, fui para o fundo.

A primeira aula era de português. Na verdade, pode ter sido de química. Não lembro bem. Meu amigo continuava com o rosto branco, mas agora parecia mais carrancudo. Ele é vítima, como todos nós. No intervalo, Orlando desapareceu.

Só depois de quatro dias, meu velho amigo me disse oi e perguntou alguma besteira. Percebendo meu mal-estar, uma das garotas explicou que ele era meio fechado. Não liga, aos poucos vocês voltam a ser amigos.

Orlando não ria com as besteiras do professor de matemática, preferia as aulas de inglês às de português e logo fez dupla com a garota ao seu lado para os trabalhos de história. Como não conhecia ninguém, acabei sobrando e o professor me integrou ao grupo de dois caras meio relapsos. Uma semana depois, porém, uma certa Maria voltou das férias na Europa e, como estava atrasada, formou dupla comigo.

Precisávamos fazer uma redação por quinzena comentando um assunto recente. A interdisciplinaridade estava começando a tomar conta das teorias pedagógicas e o colégio não podia ficar atrás. A atividade, assim, contemplava as aulas de redação e de história. Além dessas, eu adorava educação física. Rapidamente, virei o goleiro do time da sala e, antes do último treino para as olimpíadas da escola, atrasei e Maria entrou no vestiário para avisar que não poderíamos fazer a redação sobre a entrevista do tal Pedro Collor naquela tarde. Vinte anos depois, seria patético escrever aqui que ela me viu de cueca. O passado é inalcançável. A ficção histórica, apenas um clichê. De um jeito ou de outro, tive uma ereção muito intensa, joguei mal e quase fui para a reserva.

Orlando assistia aos jogos, mas nunca torcia. Uma vez levei um frango tentando encontrá-lo na pequenina arquibancada da quadra da escola. Maria era animada e meio louca. Ela tinha começado a levar uma garrafa de vodca dentro da mochila.

A maluca ria e me estendia a garrafinha com a vodca de que tanto gostava. Entre os alunos, ela era quem tinha a casa mais legal, mas a gente fazia os trabalhos na biblioteca da escola ou na praça de alimentação de um shopping center ali perto. Às vezes juntávamos várias duplas para ficar jogando fliperama depois da redação. Orlando nunca aparecia. Chegaram as férias de julho e ele continuava se recusando a retomar nossa amizade.

Uma vez, quando já tinha ficado meio bêbada, Maria me disse que ele a estava maltratando. Ciúmes, riu enquanto recortava uma foto de Fernando Collor para um trabalho. Perguntei por que e ela repetiu o antigo lugar-comum sobre os homens. Todos muito bobos.

IV

Em agosto, na volta das férias, o professor resolveu ampliar a redação. Agora, vocês devem escrever pelo menos três páginas. Além disso, vou passar o tema para cada dupla. Eu e Maria tivemos que comentar a trilha sonora da minissérie *Anos Rebeldes*. Por sorte, a irmã dela gravara os primeiros capítulos. Naquela época eu não fazia nada além de jogar bola ou xadrez. Maria tomava vodca.

Não tivemos nenhuma dificuldade. Eu já conhecia todas aquelas canções... Quando nosso trabalho foi discutido, resolvi contar para toda a sala sobre a minha primeira professora e, talvez por despeito, falei que tinha estudado junto com o Orlando. Lá na frente, ele ficou vermelho, mas não comentou nada. Devo ter errado o tom.

Acho que eu e Maria já tínhamos trocado um beijo. Na primeira manifestação dos caras-pintadas ela bebeu toda a garrafinha de vodca. Fiquei irritado. Orlando não foi. Disso tenho absoluta certeza.

Todos na sala tiveram que escrever sobre a mesma coisa na redação seguinte. Alguns alunos eram contra o movimento liderado por Lindbergh Farias. Não me lembro da proporção. Acho que um pouco mais da metade o apoiava. É o que eu gostaria de escrever hoje. Na verdade, muitos íamos apenas pela festa. Eu, por exemplo, não ligava para política. Maria, menos ainda.

Ela disse alguma coisa para a faxineira e trancou a porta do quarto. Cheia de intenções, tinha me chamado para fazer a redação na casa dela. Antes de oferecer a garrafinha, já meio bêbada, falou rindo: você é bobo, esquece o Orlando. Começamos a escrever, mas ela encostou a perna na minha. Fiquei com medo. Então, bebe mais. A redação estava ruim. Então, vamos datilografar para ver se melhora. Acho que só muito depois apareceram os computadores.

Naquela época, a gente bebia muito na escola. Então Maria era a líder. Maria bebia muito, então ria muito também. Então. Eu só acompanhava, acho, não posso ter certeza, ela sim tinha mais certeza: então bebe mais um pouco, disse. Então, se sexo oral conta, perdi a virgindade com ela nesse dia então, com ela rindo e tudo rodando.

Ontem, vi uma foto de Lindbergh Farias no Facebook. Então foi na internet. Ele sorria muito enquanto apertava a mão de Fernando Collor. Nada disso aconteceu. Apenas escritores muito ingênuos acreditam em ficção histórica. E na História, então? Fiquei com muito ódio desse ensaboadinho chamado Lindbergh Farias. Acho que a Maria está muito feliz hoje, mas não me lembro do sobrenome dela. Então, Lindbergh, vai tomar no cu, você e o Collor junto. Aproveitando, então, vai também o Lula e a sua política de consumo, o Fernando Henrique e o sorriso amarelo e bem alimentado, e eu quero muito que vá tomar no cu também o José Serra, o homem mais arrogante do Brasil, e essa Rosemary, meu Deus?, olha então a cara dessa gente. A Maria ria muito e gostava de vodca. José Sarney, vai tomar no cu: você é um poeta de merda, um enganador, fisiológico, sem-vergonha. Vai tomar no cu, então, Renan Calheiros, seu filho da puta.

Agora, acertei o tom.

V

Estou há quinze dias tentando lembrar o tema da redação seguinte. Não consigo. Só pode ser por que sinto vergonha até hoje. Um autor de romances históricos inventaria alguma coisa. Talvez a reabilitação de Galileu Galilei anunciada por João Paulo II. Prefiro assumir: sinto muito constrangimento por ter forçado de um jeito tão infantil a reaproximação com o Orlando.

Ele estava subindo a escada sozinho e carrancudo. Resolvi apertar o passo. Você não sabe: a Maria chupou o meu pau. Ele me olhou surpreso. Acho que logo vou comer ela. O tom está absolutamente inadequado, mas não consigo achar outro. Bom para você. Quando Fernando Collor perdeu o mandato de presidente da República, eu e o Orlando tínhamos dezessete anos. Os homens, além de bobos, sempre demoram um pouco mais.

Na redação sobre o impeachment, Maria quase não bebeu. Fiquei nervoso. Quando veio colocar a camisinha, ela continuava de lingerie. Tenho que tirá-la?

Perdi a ereção. Ela deu uma enorme gargalhada e repetiu o bordão: Como você é bobo.

No dia seguinte, vi o Orlando no pátio e, quase no ouvido dele, disse que tinha comido a Maria. Agora, ele estava preparado. Talvez até tivesse programado a resposta em casa. Com os olhos apertados e um tom estranho na voz, falou uma frase que me voltaria exatamente dezenove anos depois: Você tem problema na cabeça.

Não é bem isso. Sou sensível a barulhos muito intensos e prefiro a rotina. A literatura é a arte da repetição e da persistência.

Maria, então, deve gostar de escrever. No mínimo, tenho certeza de que até hoje ela lê muito. Na última redação do ano, consegui finalmente penetrá-la, mas devo ter ejaculado em trinta segundos. Afastei-me do Orlando. No verão de 1993, Maria me ensinou muita coisa. Nunca tomei tanta vodca.

Quando voltamos para o último ano, descobri que Orlando não estava mais matriculado. Uma das melhores amigas dele contou para a minha namorada que, por algum motivo, ele e os pais acabaram voltando para o Rio de Janeiro, onde aliás ele tinha feito quase todo o ensino fundamental.

Contei para Maria sobre o primeiro sumiço dele. Ela sabia o motivo: parece que um parente da mãe do seu amigo estava envolvido no atentado do Riocentro. Não, Ricardo, não sei de mais nada.

Passei o resto do ano pesquisando. Fiz uma pasta com cópias de jornais, resumos e até fichamentos de livros. Praticamente decorei a imagem do Puma despedaçado. Chico Buarque disse que foi uma enorme covardia. Quem anunciou o atentado para o público foi Gonzaguinha. Não descobri nada. Por fim, fui fazer letras na

Unicamp. Maria se mudou para o Canadá e Orlando desapareceu da minha cabeça pela segunda vez.

VI

Na madrugada de 7 de julho de 2001, no dia em que completávamos vinte e seis anos, ouvi alguém me chamando. Eu estava no aeroporto de Auckland, na Nova Zelândia, indo para Sydney. Só havia outro avião parado. Sei que o destino eram os Estados Unidos, mas não me lembro da origem. Acho que seria adequado, então, acreditar que decolara de Tóquio.

    Quando me virei, Orlando sorria e, mexendo as mãos com um movimento circular e harmônico entre os dedos, falou outra frase que jamais esqueci: Meu Deus, esse mundo é um lencinho! O rosto dele continuava branco e redondo, mas perdera a gravidade. Apesar dos quase dez anos que separavam nosso ensino médio do momento em que Bin Laden, dois meses depois, dificultaria as viagens internacionais, as feições dele estavam mais leves. Agora, usava óculos e cabelos longos. Vestia um terno muito bem-cortado e carregava uma pasta de couro. Efusivo demais para aquela hora da madrugada, me deu um abraço e me convidou para um café. Mas tem que ser rápido, Orlando continuou rindo, porque meu avião não demora.

    Tudo é nebuloso para mim até hoje. Era madrugada e eu já estava cansado da viagem. Se ele perguntar sobre os meus problemas na cabeça, vou sair correndo. Ou então explico que a frase dele foi profética. Estou confundindo as coisas: em 2001, eu publicara apenas um livro e, em todos os aspectos, ainda não tinha acontecido nada comigo. Estou me esforçando para deixar esse trecho o mais claro possível e acho que acabei me contaminando pelo clima do aeroporto de Auckland. Não vou mais ridicularizar os autores de ficção histórica. Sou louco, mas não covarde: são frágeis demais, exatamente igual ao passado que pretendem reproduzir.

Não foi isso que eu disse para o Orlando. Estou indo para Sydney visitar meu irmão. Ele contou que viajava a trabalho. Não me lembro exatamente. Deve ter dito que representava uma empresa de bebidas. Meu velho amigo não quis me contar que se tornara um executivo. Olhei rapidamente o cartão de embarque: ele está viajando de primeira classe. Moro em Washington, mas tenho saudade do Brasil. Então, me contou uma história enrolada, cheia de saltos e omissões. Tenho certeza de que não comentei que tinha publicado um livro.

Na Austrália, passei boa parte das férias pesquisando o nome dele na internet. Fiz várias combinações entre Orlando e o sobrenome do sargento que morrera na explosão do Riocentro. Encontrei bastante gente, mas ninguém era o meu amigo. Vai ver que o parente verdadeiro é o oficial que sobreviveu. Vivemos em um arremedo de democracia. Até hoje as instituições não exigiram que esse senhor esclareça o que aconteceu. O aparato da ditadura continua mobilizado. O cara podia ao menos dizer que é tio do Orlando.

O voo dele saiu uma hora antes do meu. Quando embarquei, fui invadido por uma paz estranha. Senti um enorme orgulho do meu amigo. Depois, como sempre, fui esquecendo.

VII

Em fevereiro de 2013, resolvi passar o Carnaval no Instituto Inhotim em Minas Gerais. Fiz um roteiro confuso e fiquei exausto logo depois do almoço do primeiro dia de visitas. Senti tontura na frente do trator imenso colocado no meio do mato por Matthew Barney e precisei de quase meia hora para conseguir andar um pouco outra vez.

Decidi que as salas com as Cosmococas de Hélio Oiticica e Neville d'Almeida encerrariam meu passeio. Amanhã continuo. A leve friagem do chão em contato com meus pés descalços me causou um pequeno calafrio. Da primeira sala, não me lembro de nada. Depois, fiquei um bom tempo olhando a projeção enquanto as crianças estouravam as bexigas.

Aos poucos, meu corpo foi se acostumando. O cansaço me levou a um pequenino torpor e as projeções me trouxeram um estranho sentimento de nostalgia. Em uma das salas, acho que a dos colchões, devo ter cochilado em pé. Despertei assustado no momento em que o filminho que todos temos com algumas cenas marcantes da nossa vida saiu da minha cabeça e passou, com nitidez perfeita, na tela da sala.

Quando resolvi entrar na última Cosmococa, meu corpo precisou de um tempo para, de novo, me obedecer. Acontece quando perco demais a concentração. Talvez seja o contrário: se eu ficar atento demais. Não estou conseguindo achar o tom certo para descrever o que senti.

Encostei na parede e fiquei por alguns instantes olhando o movimento entre as salas. Um senhor estava visivelmente contrariado. Aos poucos, fui sentindo uma pequena alegria por estar ali. Resolvi entrar. A penumbra me confundiu. Não havia nenhum filme sendo exibido.

Passei por baixo de duas redes até que, para me reequilibrar, balancei a principal, colocada bem no meio da sala. Havia um casal deitado. Pedi desculpas. Imagina.

Não pude olhá-los direito. Estavam abraçados e virados um para o outro. Quando saí, a luz da tarde me ofuscou. Andei até encontrar um café. Sem respirar, tomei meio litro de água e percebi que a voz me dizendo imagina era a do Orlando. Então é isso: a gente se encontra a cada dez ou doze anos, mais ou menos. O resto fica solto no meio da história.

Achei divertido. No caminho que leva à saída do parque, porém, um mal-estar me fez procurar meu velho amigo entre a pequena multidão que ia para o estacionamento. Se não encontrá-lo agora, na próxima vez terei cinquenta anos. Meu corpo se paralisou. Terei cinquenta anos. Deitado na rede, meu amigo transmitia uma paz fora do comum. O rosto dele continuava branco e redondo, mas os cabelos de novo tinham ficado curtos. Da explosão do Riocentro até as Cosmococas, Orlando se apaziguou. Pela segunda vez, o amigo mais antigo que tenho na lembrança me deixou orgulhoso.

Vamos tomar um café antes dos nossos cinquenta anos? De preferência, logo. Vou levar um dos meus livros, para ver se você também fica orgulhoso de mim. Além disso, eu gostaria de conhecer o seu namorado. Traga-o junto.

Fisiologia da infância

I

Em 1982, tínhamos apenas um sofá. Como meu pai adorava assistir à televisão deitado, sobrava pouquíssimo espaço. Durante a semana, eu não o via. Aos sábados, ele acordava só depois do almoço. Percebo agora que não tenho na lembrança nenhuma imagem do meu pai tomando café da manhã. Ele se esticava no sofá por volta das duas da tarde e saía apenas quando eu já estava dormindo.

Minha irmã é um pouco mais velha e acho que tinha autorização para brincar no quintal. Meu irmãozinho gostava de andar de um lado para outro, mas por algum motivo também não o tenho na memória cruzando a sala. Aquele era território meu e do meu pai.

Armazenei na imaginação diversas fotografias da minha primeira casa, mas curiosamente meus irmãos aparecem apenas no quintal, ou uma vez na rua quando o Opala vermelho morreu. Só agora, para fazer esse texto, descobri por que minha irmã chorou tanto naquele dia: acho que eu estava indo para a primeira festa da minha vida, Ricardo, e aquela banheira não saía do lugar. Mas não lembro direito.

Meu pai se esticava no sofá e eu sentava na ponta. Se a imagem na televisão pendesse para o cinza-escuro, eu não enxergava direito. Não faz mal, respondi uma vez. Naquele dia, tinha aprendido um conjunto de sílabas na escola e estava treinando baixinho os sons. Acho que ele não me ouve. Por isso, coloco o caderninho de caligrafia no canto do sofá e encosto a perna na palma daqueles pés imensos. Senti alguma segurança com isso. Acho que fui dormir um pouco mais tarde: eram sílabas complicadas.

No dia do jogo entre o Brasil e a Itália na Copa do Mundo de 1982, meu pai não se deitou. Achei muito esquisito. Ele não precisou aumentar o volume da televisão: eu estava de férias e já tinha aprendido várias palavras inteiras. Como ficou sentado, precisei esticar o braço esquerdo para sentir o tronco dele. Quando cruzou a perna, na hora que chegou a pipoca, nossas coxas se encostaram. Hoje vai ser um dia inesquecível na sua vida, filho.

II

Olha o Sócrates, meu pai exclamou quando mostraram a seleção na tela pela primeira vez. Pode esperar um massacre. Eu estava vestindo uma camiseta da democracia corintiana. Ele nunca me explicou direito do que se tratava, mas além do uniforme tinha me trazido uma vez um pôster. Nenhum time fez isso!

Sócrates, dali a dois anos, apoiaria as *Diretas já*. Mas política nunca interessou meu pai. Na última entrevista que vi do doutor, explicando a democracia corintiana, ele falou uma frase que jamais vou esquecer: para o Ataliba, você não explica nada, você o abraça. Foi uma coisa assim.

A pipoca acabou rápido. Naquele dia, ele quis dividir algumas coisas comigo. Os noventa minutos do jogo entre Brasil e Itália, no estádio espanhol do Sarriá em 1982, foram os únicos em que de fato tive um pai. Precisamos só de um empate, meu filho, mas acho que vai ser 4 a 1. Tentei encostar a mão esquerda naquele braço enorme, mas ele se afastou. Hoje ele não está querendo se deitar: vamos ver o jogo sentados um do lado do outro. Perguntei se Chulapa é o sobrenome do Serginho, que meu pai adorava. Ele não respondeu.

O Ataliba, você abraça.

Lembro-me da televisão enorme. Como tinha o nome sujo, meu pai não podia comprar nada à prestação. Quem a trouxe foi minha avó. Tem garantia até a próxima Copa, ele me disse quando elogiei a imagem. Meu pai gostava de assistir a todo tipo de programa, menos os telejornais. O comício pelas *Diretas já* na Praça da Sé não passou direito, não perdi nada. Mas quando Tancredo morreu, queria ter assistido ao *Jornal Nacional*. O anúncio da morte de Carlos Drummond de Andrade, com o apresentador em pé, eu vi.

Minha tia, irmã da minha mãe, quis nos levar para o comício, mas meu avô não achou a ideia boa. Você não viu como seu primo saiu da cadeia? Tudo pode mudar de uma hora para outra. Quando Paolo Rossi fez o primeiro gol, meu pai ergueu o punho como se estivesse comemorando. Eu não falei, vai ser 4 a 1. Na hora em que se acalmou, colocou a mão no meu joelho. Se me concentrar, acho que ainda consigo sentir o peso dos dedos dele na minha pele. Coitados, eles têm esperança. Nesse momento, apareceu o rosto de Telê Santana na tela. Meu pai, então, falou outra frase que não esqueço: esse cara tem honra.

III

A mãe do meu pai morreu em 11 de setembro de 2001. Bin Laden tinha acabado de derrubar as Torres Gêmeas quando o telefone tocou. Eu estava com os olhos pregados na tela da CNN. Não gosto de televisão, mas adoro geopolítica. Há alguns dias, o governo sírio assassinou noventa pessoas, incluindo muitas crianças, e o Brasil declarou ontem que não vai expulsar o embaixador.

Minha irmã, que naquela noite tinha dado plantão no hospital onde minha avó ficara internada, avisou sem muita surpresa. A gente já esperava. Dois meses antes, eu estava na Austrália e recebi um e-mail dela: Ricardo, acho que a vó Julia não tem mais muito tempo. É melhor eu voltar? Não precisa. Fiquei o resto de julho em Sydney e cheguei a conhecer uma parte do deserto. Dizem que o caminho até Alice Springs é cheio de psicopatas. Estive no marco zero, em Nova York, exatamente vinte e oito dias antes de sofrer um colapso emocional e me ver morto.

Segundo o atestado de óbito, minha avó morreu dezoito minutos depois de Bin Laden derrubar as Torres Gêmeas. Passei dez anos sem ver meu pai. No velório, ele parecia meio curvado. Aquela barriga não existia na Copa do Mundo de 1982. As pálpebras dele pareciam frouxas. Vai ser 4 a 1, meu filho. Fiquei de um lado e ele acenou do outro canto do salão. Não conversamos. Eu já tinha um livro publicado, mas ele não sabe até hoje. A Liga do Norte atacaria Cabul em poucas horas.

Depois, em 2006, vi meu pai pela última vez. Não sei onde ele mora atualmente. Acho que tenho uma outra irmã. Eu estava afoito porque embarcaria para Buenos Aires naquela noite mesmo e precisava de uma mochila nova. Entrei correndo no metrô e ele estava sentado em frente à porta. Meu pai franziu a testa e abriu bem os olhos. Levei um susto e voltei para trás. A campainha tocou quando ele segurou no apoio para levantar. Fiquei na plataforma e o trem saiu. Não gostei muito do metrô de Nova York, mas o de Berlim é lindo. Decidi tomar o trem seguinte do outro lado da estação. Se o senhor tiver ficado me esperando naquele dia, pai, desculpe.

IV

O capitão Sócrates empatou logo depois. Meu pai comemorou o gol em pé. Eu não te falei, filho. Como não sabia o que fazer, também levantei. Até hoje minha irmã não sabe dizer onde estava na hora do jogo. Meu irmão diz que só veio para o sofá comigo quando ganhamos um video game.

Nunca deu certo. Primeiro, as cores muito fortes da tela me incomodavam. Minha irmã não dava bola para os bonequinhos se mexendo e o Alexandre detestava os jogos de tiro. Tentamos então os que imitavam esportes como tênis e futebol, mas eu não tinha muita paciência para as longuíssimas disputas. Meu irmão logo desenvolveu certa habilidade para resistir. Ganhar não lhe interessava, o importante era ficar um tempão me segurando ali. Uns poucos meses depois chegou o piano e desistimos do tal Atari. Os video games mais modernos não chegaram em casa: meus pais já estavam estremecidos e não comprariam um presente desses. A nova geração de escritores colocou na cabeça que video games são uma forma de arte.

Telê Santana, sim, sabe o que é jogar futebol. Imagina se ele escalaria um bandido, meu pai me explicou quando Paolo Rossi apareceu na tela. Bem que ele podia vir para o timão. Não entendi nada. Resolvi não perguntar porque ele tinha outra vez colocado a mão direita na minha perna. Se virar para falar comigo, talvez mude a posição do corpo.

Tive a minha primeira aula de inglês justamente quando o Brasil não sabia se Tancredo Neves ainda estava vivo. Meu avô me deu de presente um semestre inteiro. Voltei para casa com todo o material e apontei o lápis com o logotipo da escola para fazer a tarefa. Meu pai chegava todo dia às sete e meia da noite. Comecei a fazer a lição quando ouvi um barulho no trinco. Ele passou direto e não me perguntou nada.

Acho que meu pai ficou com vergonha quando Paolo Rossi fez o segundo gol. Vai para lá que eu quero deitar. Sentei-me no canto do sofá e vi que ele tinha encostado os pés no meu cotovelo. Vou ficar quietinho aqui.

V

Antônio Britto, que se parecia muito com o namorado metido da minha tia, anunciou a morte de Tancredo Neves mais ou menos às dez e meia da noite. Eu estava morrendo de sono, mas continuei na mesa da sala com o meu caderno de inglês. Depois de nove aulas, já sabia algumas palavras. Pelas minhas contas, tinha memorizado vinte e uma, sete por semana! Minha ideia era aprender um termo em inglês por dia. Quando as primeiras regras gramaticais apareceram, mudei o cronograma.

Minha mãe pediu para trocar o canal, mas meu pai insistiu e deixou a televisão no único que não transmitia direto do Instituto do Coração. Ele detestava telejornais e preferiu continuar vendo um filme qualquer. É lógico que mataram o cara: ele foi besta de querer ser presidente. O Ataliba, a gente abraça.

Certas coisas não podem ser perdoadas: elas ultrapassam um limite. Não entendo por que o senhor não mudou de canal. De vez em quando, dou aulas de inglês, mas gosto mesmo de português para estrangeiros. Cobro caro, mas os caras pagam e aí posso viajar. Faz seis anos que vi o senhor no metrô. Eu estava indo para Buenos Aires. Não sei se consegui continuar aprendendo uma palavra por dia. Mas fui para a Austrália e conheci toda a Europa. Publiquei cinco livros. No ano passado, a família fez uma votação para ver se eu precisava ser internado. Nada de mais, uma casa de repouso. É assim que chamam os hospícios chiques. Mas o senhor não votou. No final, não precisou. Eu não sabia que em 1987 o senhor iria se matricular no supletivo. Estou morando em um galpão nos fundos de uma casa, mas na semana que vem vou mudar para um apartamento de novo. Quatro endereços em um ano, pai! Fica perto da rua dos travestis. Não tenho mais os caderninhos de inglês. Fui para Nova York. O metrô de lá é legal. No pior dia da minha vida, o senhor não apareceu. Não faz mal, ninguém me ajudou mesmo. Talvez até achasse interessante o hospício chique. Vou confessar: como tinha visto o senhor no metrô seis anos antes, achei que talvez a gente se encontrasse. Olhei em todas as plataformas. Fiquei uma hora chorando sem nenhum controle enquanto vagava pela estação Consolação do metrô de São Paulo às duas da tarde e ninguém falou nada. Aconteceu alguma coisa na minha cabeça, pai. Como se fosse um blecaute. Quantas vezes minha imagem foi captada pelas câmeras? Deve ter sido 4 a 1: o menino de ouro da família não vai para a casa de repouso. O hospício chique. Teve uma época que eu achava o senhor meio burro, pai. Mas eu que tive um blecaute na cabeça. Bem feito.

Excelentíssimo senhor governador Geraldo Alckmin, gostaria de saber por que nenhum funcionário do metrô de São Paulo me ajudou quando tive sérios problemas na estação Consolação, no dia 5 de agosto de 2011. Minha imagem foi captada pelas câmeras diversas vezes. Ninguém fez nada. Ninguém! Por favor, envie a resposta para o meu e-mail: rlisias@yahoo.com.br.

VI

Não lembro o que fizemos no intervalo. Quando começou o segundo tempo, meu pai estava completamente esticado no sofá, com os pés encostados em mim. Não vou me mexer. O mundo está em silêncio. Um colapso emocional é muito barulhento. Parece que havia um trem dentro da minha cabeça. Ficou tudo escuro e as plataformas do metrô se inclinaram. Se andar devagarzinho, não vou cair na via. Será que estou dormindo?

Talvez o silêncio seja o único traço elegante da personalidade do meu pai. Ele fala muito pouco. O Ataliba, a gente abraça. Quando Falcão empatou o jogo, meu pai sorriu. Um golaço. Olhei para ele e pensei em perguntar o que poderia acontecer. O empate favorece o Brasil, o locutor se adiantou. Fiquei algum tempo calado e quis, então, saber por quê. A Itália quase fez um gol. Meu pai estava esticado no sofá e me deu uma pernada. Cala a boca, quero ouvir a televisão.

Para mim, a década de 1980 começou agora, com o antebraço latejando. Depois, Cazuza morreu na televisão. O *Fantástico* ficou ressabiado para falar do verão da lata. Não sei quantos quilos de maconha vieram do mar, em 1988. Àquela altura, meu pai já tinha ido embora de casa. Fiquei quinze anos assistindo aos telejornais: não me lembro da Guerra das Malvinas, mas tenho na memória, como todo mundo da minha geração, uma imagem da Praça Tiananmen.

Também não me esqueço das fiscais do Sarney. Minha mãe e meu avô tinham medo de que a ditadura voltasse. Eles fantasiam até hoje. Mesmo assim, explicaram-me que aquele Collor era um farsante. Nunca tive mesada, mas meu avô pagou oito anos de curso de inglês. Gosto muito de marcos históricos: ejaculei pela primeira vez muito tardiamente, no mesmo mês em que Zélia Cardoso de Mello confiscou as poupanças. Meu pai não tinha nada e ficou rindo. Acabo de chegar para passar o domingo com ele: agora quero ver como vão te pagar tanta coisa. O pessoal da sua mãe te trata como um reizinho.

VII

O terceiro gol de Paolo Rossi é uma lembrança nebulosa. Um bandido, meu pai repetiu. Com medo de levar outra pernada, afastei-me ainda mais e fiquei colado à parede. Um pouquinho antes do final, o Brasil cabeceia e o fantástico Dino Zoff, o goleiro da Itália, defende. O jogo acaba.

Meu pai se levanta. Como não sei o que dizer, levanto também. Ele passa por mim em silêncio. Tenho agora uma lembrança auditiva: não há nenhum barulho, o que teria que me deixar muito calmo. O homem alto não me olha, mas mesmo assim vejo que ele está lacrimejando. Quando estendo o braço para tocá-lo, a porta do banheiro já se fechou. Essa foi a única vez em que vi esse homem chorando. No enterro da vó Julia, ficamos em lados opostos do salão, mas fiquei olhando.

Saí para a rua e não encontrei ninguém. Voltei para pegar o cachorro e demos duas voltas completas no quarteirão. Se o senhor ficou com vergonha, tudo bem: no ano passado, quase fui parar em um hospício chique. Mas a família decidiu que não precisava. Ao menos por enquanto. Quando acontece uma vez a gente precisa ficar sob observação.

Continuei na calçada pensando se eu e o cachorro devíamos voltar para dentro. Zof foi o nome do meu primeiro gato. Então, o vizinho da casa da frente apareceu, aparentemente sem nenhum incômodo por causa do jogo, e propôs que eu pegasse a minha bola para brincarmos de gol a gol. Cada um defenderia o próprio portão e tentaria acertar o do outro. Um chute por vez, ganha quem fizer mil primeiro.

Fisiologia da família

I

Meu avô inaugurou as expedições com os netos em 1985. Tenho certeza da data por causa dos destroços do *Titanic*. Estávamos assistindo à televisão quando o repórter informou que tinham acabado de localizar os restos do navio. Meu avô diminuiu o volume, olhou para os netos que estavam com ele na sala e disse, solene: vocês sabem que, como não dava para se salvar mesmo, os membros da orquestra se reuniram no convés e, enquanto o navio naufragava, tocaram "Mais perto quero estar, meu Deus, de ti"? Diante do nosso silêncio, ele se levantou e foi até o piano. Para mim, meu irmão resolveu estudar música por causa desse dia. Meu avô detestou o filme com o Leonardo DiCaprio. Foi muito mais sério, resmungou na saída do cinema.

Deve ter sido perto do fim do ano. A casa era enorme e meus avós sempre montavam uma árvore bem grande. Em uma dessas ocasiões, ao colocar o pisca-pisca, explicou-me um detalhe sobre eletricidade: as ligações em série são diferentes das em paralelo. Isso foi mais para a frente, com certeza. Apesar de morar muito perto do nosso destino, ele resolveu que tínhamos que passar o dia fora. Expedição é assim. Minha avó, então, fez uma sacola de lanche para cada um e, com um caderninho de anotações, partimos em direção ao Museu do Ipiranga. Eu tinha até uma bússola! Aos dez anos, atravessei a rua como se estivesse entrando em uma caravela para cruzar o oceano.

Não teríamos tempo para ver o museu inteiro. Por isso, acabamos nos concentrando em apenas um dos andares. Não sei dizer qual. Depois que cresci o suficiente para poder andar sozinho, nunca tive coragem de voltar ao museu. Como não podia comer lá dentro, saímos e fizemos um lanche na escada. Até hoje, gosto de comer na rua. Na volta, sentamos na cozinha e lemos as anotações.

Passei os últimos dez anos tentando falar uma coisa para o meu avô. Não consegui e ele morreu sem saber. Agora, vejo que eu poderia ter escrito.

II

Pessoas que gostam de história sempre têm muito interesse por política. Com o meu avô, era diferente. Nunca o vi fazendo qualquer comentário durante as eleições, por exemplo. Como estou cuidando do espólio, sei que ele tinha dinheiro guardado durante os confiscos de Fernando Collor. Jamais comentou qualquer coisa.

Devo confessar, porém, que algo me deixa aliviado: em duas ocasiões, meu avô abrigou jovens clandestinos fugindo da ditadura militar. Na primeira, eu ainda não tinha nascido. Aliás, meus pais sequer se conheciam. Sei apenas que era o filho de um casal da igreja dele. O rapaz ficou por duas ou três semanas em um daqueles cômodos do fundo da casa. Depois, sumiu. Já no final da ditadura, um primo distante que havia sido torturado passou um mês no mesmo cômodo. Meu avô não era um reacionário.

Na época em que as expedições começaram, lembro-me de ter empurrado a porta do quarto onde eles tinham ficado. A cortina da janela escondia apenas uma mesinha. Meio traumatizado, meu avô doara os móveis. Era outro cômodo, porém, que me fascinava: nele, o velho guardava recortes de jornal, revistas, cartas, a antiga máquina de escrever (como sabia que eu a adorava, ganhei uma parecida anos depois), livros, bíblias em diversos idiomas e uma das suas maiores paixões: uma coleção de mapas.

Quando coloquei o casarão para alugar, abri esse cômodo. Pouca coisa tinha sobrado, mas em um canto encontrei uma coleção de revistas de 1982. Talvez naquele espaço, e apenas quando estava completamente sozinho, meu avô pensasse em política. Fora dali, porém, sua ética de vida era baseada no cristianismo que herdara da família. Hoje me lembro com algum peso, mas na entrada da adolescência eu vivia o incomodando com as inevitáveis contradições que as pessoas muito religiosas protagonizam. Por que o senhor não coloca algumas famílias para morar aqui, então?

Que merda.

Apesar dessas provocações, fomos muito ligados até os meus dezoito anos. Depois, nos afastamos. Entrei na faculdade de História e fui embora de São Paulo sem nenhum aperto na garganta.

Bem diferente do que sinto agora.

III

Meu bisavô deve ter vindo morar no bairro do Ipiranga, em São Paulo, no começo da década de 1940. Ele tinha acabado de abrir uma tecelagem junto com outro libanês e queria ficar um pouco mais perto das máquinas. Meu avô ficaria com os dois irmãos mais velhos trabalhando no armazém do Bom Retiro. A família era grande: nove filhos e dois sobrinhos cujo pai não tinha aguentado a saudade do Oriente Médio. Por isso, precisavam de uma casa espaçosa.

O assunto sempre foi tabu na família. Meu bisavô veio para o Brasil por questões religiosas. Cristão, previa que o clima ficaria tenso na região onde os negócios da família estavam concentrados. Para ele, bastariam umas poucas décadas para tudo explodir no Líbano. Ele errou a época, mas acertou em cheio na intensidade da tragédia: em 1982, os cristãos libaneses (certamente alguns com o mesmo sangue que eu) massacraram os palestinos com a conivência do exército de Israel.

Quando eu tinha dezesseis anos e só pensava no movimento dos caras-pintadas, meu avô reclamou outra vez do meu desinteresse pela Igreja. Eu o magoei muito: é, só que onde estava o seu Deus quando vocês assassinaram... Ele me assustou com um movimento brusco. Parei de falar. Acho que ele iria me dar um tapa no rosto. Recuei um pouco e o olhei de um jeito ridiculamente desafiador. Acabei virando as costas e fui embora.

Lembro-me de ter caminhado pela rua Bom Pastor quase inteira. Não percebi, naquele momento, a ironia do nome. Esse é o endereço da minha raiva. Depois, tomei um ônibus e voltei para casa. Passamos um mês sem nos falar. Então, comecei a sentir saudades. Antes de entrar no casarão e pedir desculpas, fiquei um bom tempo sentado na escadinha da entrada. Minha avó tinha feito um jardim no tanque das carpas e eu gostava de admirá-lo. Percebi que meu avô estava me olhando.

Você está rezando?

IV

Eu não estava rezando mas, dessa vez, preferi não responder. Foi no bairro do Ipiranga que comecei a gostar de silêncio. Deve ter sido quando, finalmente, meus pais me autorizaram a ir sozinho visitar meus avós. Foi um ato de coragem deles. Para tomar o ônibus, eu tinha que passar pela Praça da Sé, naquele tempo um lugar bastante perigoso. Achavam que o filho aprendera a correr riscos.

Aqueles ônibus elétricos ainda existem? Fascinado, entrei na linha Gentil de Moura e, quinze minutos depois, o cabo se desconectou do fio. O cobrador subiu no motor e encaixou o contato de novo. Esse cara vai levar um choque. Preferi, por isso, olhar para o outro lado. Não sei se, mais tarde, meus pais perceberam: não é que meço bem os riscos, na verdade sei me preservar.

Na segunda ou terceira vez em que fui sozinho ao casarão, desci de propósito alguns pontos antes. O Ipiranga tem algumas avenidas bem movimentadas, mas, se a gente for quebrando pelas travessas, passa por regiões bastante tranquilas. Várias casas antigas estão preservadas, bem como os galpões e algumas fábricas. A tecelagem do meu bisavô acabou virando um supermercado.

Talvez tenha sido olhando a arquitetura do Ipiranga, na verdade, que aprendi a gostar de silêncio. A propósito, sou um historiador de arquivos: onde trabalho, quem fala alto é logo colocado para fora. O fato de meus avós terem passado boa parte da vida em uma casa bem grande também ajudou. Quando minha avó queria que eu levasse um café para o vô, às vezes precisava cruzar vários cômodos em silêncio até chegar onde ele estava. Chamá-lo não adiantaria nada. Um dia, eu o encontrei olhando um mapa do século XIX.

Vem aqui que vou te ensinar o que é latitude e o que é longitude.

V

Pensando melhor, sempre fui sensível ao barulho. Cresci no bairro da Lapa, em um apartamento um pouco menor do que eu e meus dois irmãos precisávamos. A localização era ótima para os meus pais. Logo que se formou médica, minha mãe começou a atender no Hospital Albert Sabin; quanto a meu pai, até hoje tenho a impressão de que o único lugar em que ele realmente pisou na vida foi a USP, onde fez a graduação em engenharia elétrica, o mestrado, o doutorado e logo depois virou professor.

Se a Lapa lembra o Ipiranga dos meus avós por causa das ruas tranquilas e dos galpões (no bairro onde cresci, o predomínio era das fábricas de comida, por exemplo, as de bolacha...), o apartamento dos meus pais não tinha nenhuma semelhança com o casarão. Em um lugar pequeno, a gente logo reconhece os sons. Alguém está na sala. Agora chamaram o elevador. O gato desceu do sofá e está tentando dormir embaixo da mesa. Não importa, eu simplesmente deitava e cinco minutos depois estava dormindo, para só acordar na hora de ir à escola.

Na casa dos meus avós era bem diferente. Não é o cachorro do vizinho, pensei uma noite, mas alguma coisa no quintal mesmo. Uma folha de jornal está fazendo barulho na escada. Agora são as pedrinhas no lustre. Quando minha mãe anunciava que a gente podia, sim, dormir na casa do meu avô, eu fazia festa por causa da mesona na cozinha, dos doces e da programação que meu avô faria para o feriado prolongado. Mas demorava muito para dormir. O lustre da sala não me saía da cabeça. Perguntei para o meu avô porque não tiravam aquele negócio lá de cima. Deve estar aí há uns cem anos, Ricardo.

É uma noite muito viva para mim até hoje: quando me deitei, fiquei pensando nessa história de cem anos. Não tenho nem doze. E nunca caiu na cabeça de ninguém? Por algum motivo, apenas eu dormiria naquele sábado na casa do meu avô. Fazia frio e por isso minha avó tinha vindo ajeitar o cobertor. Se eu não me mover vou ficar mais tempo sentindo o lugar do corpo onde ela tocou. Bem aqui no pescoço.

Fiquei quieto e então pude escutar meu avô conversando com a minha mãe na sala. Ela estava mostrando uma redação que eu tinha feito na escola. Era um esquema para o capitalismo. Meu avô se incomodou com a lojinha do Salim. A nossa família não é desse jeito, ele falou alto, talvez querendo que eu ouvisse.

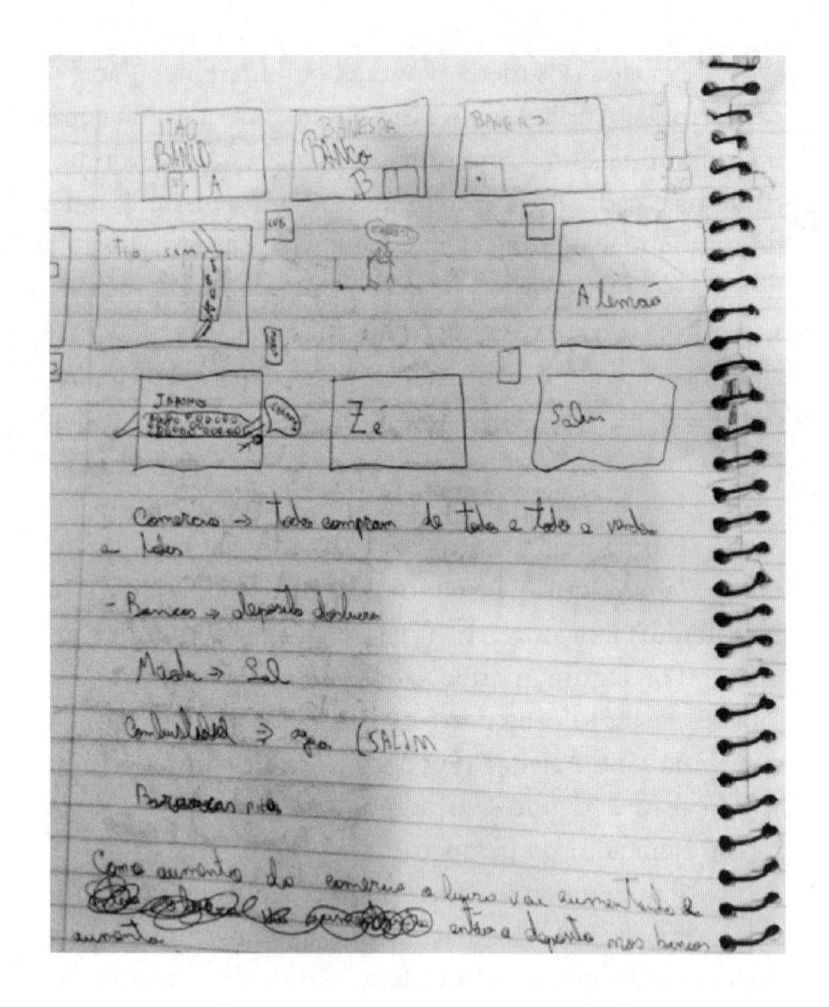

VI

Não foi só na minha família que o exercício sobre o capitalismo causou confusão. O professor foi demitido. Acho que estávamos em 1986. Os alunos tinham entre dez e doze anos. O professor criticou o esquema de quase todo mundo e pediu para que eles refizessem tudo. O meu, minha mãe falou rindo agora há pouco pelo telefone, ele tinha adorado.

Como é normal para uma atividade mais difícil, meus colegas de sala foram pedir ajuda para os pais e logo vários tiozões engravatados estavam na diretoria da escola querendo saber se pretendiam tornar as crianças um bando de comunistas.

A preocupação do meu avô era outra. No dia seguinte ele me chamou, sentamos no sofá da sala e ouvi uma pequena aula sobre a história do cristianismo, a reforma protestante e Martinho Lutero. Acho que ele só não falou de Max Weber por causa da minha idade. No final, copiou o meu esquema em outra folha, explicou que a família do Salim não tinha mais nenhuma loja e que o nosso dinheiro era usado para ajudar algumas obras da igreja e para que ele pudesse se dedicar integralmente à teologia. Enfim, ele não esclareceu que na verdade vivia de renda.

Aceitei a explicação calado. Naquela época eu ainda não tinha nenhum impulso para contestar o meu avô. Ao contrário, o único momento em que realmente gostava na igreja era quando ele subia, bem-vestido e imponente, para fazer o sermão. Dava orgulho. Eu também não soube explicar onde tinha tido a ideia para o esquema. O professor havia pedido um desenho sobre o funcionamento da economia no capitalismo e fiz aquele. Como bom protestante, meu avô disse que devíamos respeitar os Estados Unidos. Não tem nada de Tio Sam: eles acolheram muitos religiosos perseguidos. Fiz que sim com o pescoço.

VII

Meu irmão começou a estudar piano muito cedo. No começo, meus pais não tinham certeza do quanto ele de fato se interessaria por música e então resolveram não fazer nenhum investimento significativo. Duas vezes por semana, ele ia tomar aulas na casa do meu avô com um professor particular que mascateava ali pelo bairro. Como é natural, com o tempo ele sentiu vontade de tocar para um público maior e acabou se tornando um dos músicos mais animados da igreja do meu avô. Os dois passavam muito tempo na sala do casarão onde ficava o piano que meu bisavô comprara na década de 1970.

Minha irmã sempre preferiu o quintal. Ela gostava muito do jardim e ficava com a minha avó cuidando das mudas. Sua paixão, no entanto, era o laguinho. O lugar virou praticamente dela. Desde que tinham herdado a casa, meus avós nunca conseguiram cuidar direito daquela parte. Vidrada em água, porém, minha irmã aos poucos foi revitalizando tudo. Antes de entrar na faculdade, tinha até criado uma espécie de fauna particular, certamente única no bairro do Ipiranga, talvez no mundo inteiro... Ela sempre gostou de ir à igreja, também, porque acredita que há uma ligação muito forte entre natureza e algum tipo de divindade.

Quando, então, minha mãe avisava no domingo de manhã que iríamos à igreja do meu avô para depois almoçar no casarão, meus irmãos vibravam. Foi assim durante toda a nossa infância e adolescência. Os dois são religiosos. Como era de se esperar, minha irmã foi estudar Oceanografia e hoje vive entre um navio de pesquisa que roda o mundo e um quartinho em Florianópolis onde só cabem ela e os sete mares. Ao contrário de todas as expectativas, no momento de escolher a faculdade, meu irmão optou pela sua segunda paixão: os animais silvestres. Hoje, é o veterinário responsável pelo setor de crocodilos e afins do Zoológico de Sydney, na Austrália. Apesar de tudo isso, são duas pessoas tranquilas, que entraram na vida adulta sem nenhum conflito. Eu acho.

VIII

Uma das fixações do meu avô conseguia unir os três netos: o Monstro da Lagoa. A fauna aquática que acabava protegendo o Monstro dos exploradores deixava minha irmã muito interessada. O único problema era ele não morar no oceano. Se fosse para lá, ela disse um dia, poderia viver mais tranquilo. No fundo do mar existem muitas criaturas assim, que a gente não conhece.

Meu irmão gostava de ouvir as diferentes versões para a anatomia do Monstro da Lagoa. Ele chegou a fazer um pequeno caderno com esboços, desenhos e, inclusive, algumas imagens bastante borradas do que seria o bicho. Por algum motivo, provavelmente já um sinal de seu interesse pelos jacarés, adorava a pele escamosa do Monstro.

Eu gostava das narrativas que circundavam cada uma das aparições. O que o monstro fazia deitado na estrada, em 1981? Por que às vezes ele se distanciava tanto do lago? Fantasiei muito para responder a essas perguntas e na faculdade de História cheguei a ensaiar uma monografia sobre a relação entre mitologias populares e a construção de certos relatos antropológicos. Mas como queria ser um pesquisador adulto, deixei o trabalho de lado depois de quase telefonar para o meu avô para perguntar algumas coisas. E se ele achasse que eu queria brincar de novo de Monstro da Lagoa na sala do casarão?

Meu avô colocava uma máscara de gás no rosto e se escondia embaixo de uma mesa. Depois, a avó trazia um lençol, apagava a luz e a criatura aparecia. Vai, monstro, corre atrás dos seus netos. Pegue um deles pela perna. Quando ele gritar, erga-o e o abrace. Mostre o quanto você é meigo e cuidadoso. Coloque a cabeça na barriga dele, Monstro, e assopre até ele morrer de rir. Abrace todos os seus netos dentro do lençol, essa imensa lagoa, e os leve para dormir nessa noite que eles nunca mais vão esquecer.

IX

Mas o avô não é apenas, naquela noite fria e inesquecível, o Monstro da Lagoa. Ele também sobe a escada devagar para não fazer barulho e empurra a porta do quarto lá de cima. É ele ali na fresta, olhando se os netos estão dormindo bem. Ele é o avô também que comprou uma luneta para levar os netos em uma laje, nos fundos da casa, para explicar a diferença entre um planeta e uma estrela.

O avô é aquele homem mais velho, o que sabe a explicação de tudo, que gosta de conversar sobre todas as aulas da escola, usa um boné engraçado que cobre até as orelhas e era o mesmo dos russos. Ele sabe quem são os cossacos e explica que se a gente andar até o outro lado da Terra, vai voltar para cá, para o mesmo lugar.

O avô gosta de perguntar as capitais dos países e tem uma coleção de mapas de todos os tipos. Mas a gente não pode segurar as folhas, senão amassa. Pode olhar aqui nessa mesa. O avô sabe a história das mil e uma noites, disse que ele mesmo conheceu o Ali Babá e ainda fala árabe!

Ele ensina aquelas palavras todas em árabe para falar na escola. O avô mora naquela casona perto do museu e quando a gente tropeça, ele logo vai correndo dizer que não foi nada. Não foi nada, nada, apenas que o avô é aquele homem mais velho, careca e engraçado. Ele sabe o que é um astrolábio, consegue fazer um relógio com a sombra e gosta de ir com os netos à praia. É o avô que usa um sapato esquisito na areia e todo mundo olha. E ele corre com a gente: corre em casa, no museu, corre na praia, na rua, corre hoje, corre no ano que vem, na festa da escola, mas cada vez ele corre mais devagar, e depois já não aguenta tanto e quando você vê é o avô que deixou para a sua mãe essa casa.

Ele é o avô que morre e ensina o que é a morte: é quando o avô morre.

X

Já inventei um monte de justificativas para eu e meu avô termos nos distanciado a partir da faculdade: a principal, que eu tanto repeti para mim mesmo, é o tal conflito religioso. Bobagem, meu avô compreendia seu trabalho na Igreja Protestante como uma missão cheia de paciência. Por mais que às vezes ficasse nervoso, sempre achava que eu mudaria em algum momento.

Ora, Ricardo, a Igreja é uma organização de seres humanos. Por isso, tem e sempre terá problemas. Religião é outra coisa.

Quando cansei dessas discussões, comecei a visitá-lo um pouco menos. A desculpa sempre estava à mão: agora, moro em outra cidade para estudar, vô. Ele perguntava da faculdade com bastante interesse. Acho que desejava que eu me especializasse em cartografia ou em história do Oriente Médio. Não fiz nada disso: fiquei com a América Latina e me dediquei à documentação primária, sobretudo no que diz respeito à relação do Brasil com os países vizinhos. Nada a ver com ele.

Também não acho que a minha homossexualidade tenha tido algum peso relevante na nossa relação. Na minha família, esse assunto jamais foi discutido. O fato de eu nunca ter me aproximado de uma mulher foi suficiente para que, aos poucos, todos notassem. Acho que nunca deram muita importância, ao contrário do que aconteceu com todos os meus amigos. Há anos, almoço uma vez por semana com o meu pai e ele jamais fez qualquer insinuação. Depois que minha mãe o largou para ficar com um médico do mesmo hospital onde trabalha, tudo ficou mais leve.

Na verdade, hoje é muito claro para mim: fui eu que causei o distanciamento. Aos poucos, parei de visitar o casarão do Ipiranga porque não tive coragem de assistir à decadência física dos meus avós. No último Natal em que passamos juntos, os olhos do meu avô brilhavam, mas ele andava com dificuldade. Fiquei com vontade de chorar e agi como uma criança mimada quando ele me perguntou como a historiografia lida contemporaneamente com o cristianismo. Respondi que não tratamos de invencionices. Ele fechou os olhos. É outra cena que não me sai mais da cabeça. Acho que rezou.

XI

Durante muito tempo, meus avós não foram velhos para mim. Eles simplesmente sabiam tudo, podiam tudo e quase sempre apareciam na hora que eu precisava deles. Enquanto cresci, eles cresceram juntos comigo. Sempre que agi infantilmente, apesar de às vezes se revoltarem, eram eles os moderados. Quando perceberam que eu nunca iria aparecer com uma namorada, o mínimo que posso dizer é que tiveram uma reação civilizada. Vamos deixar isso de lado, devem ter pensado. Enquanto for uma questão íntima dele, sim, espero que tenham falado um para o outro. Mas se um dia ele precisar de proteção, sonho que tenham conversado nesses termos, a gente vai fazer alguma coisa.

Deus vai protegê-lo.

De repente, percebi que eles eram velhos e, pior, estavam sofrendo uma decadência física visível. Foi no almoço de Natal que descrevi no capítulo anterior. De novo a rua Bom Pastor serviu para me acalmar. Deserta com o feriado, cruzei-a de cabeça quente até, na outra ponta, encontrar um taxista solitário que me levou à rodoviária. O que faz alguém entrar em um táxi no dia de Natal? Talvez a vontade de não ver certas coisas inevitáveis na vida de quem teve uma avó e um avô muito presentes.

    Nunca mais passei o Natal com eles. Aliás, desapareci em todos os feriados. É fácil a gente arranjar uma desculpa. Minhas visitas, também, foram rareando e tornando-se cada vez mais rápidas. Eu ficava na maior parte das vezes na mesa da cozinha. A gente se protege melhor de certas visões quando está sentado.

    Minha avó se foi dois anos depois desse último Natal. Passei o tempo entre o enterro dela e a morte do meu avô ensaiando como diria para ele algo muito importante. Várias vezes, cheguei quase lá, mas nunca consegui.

XII

Comentava-se no interior da família, claro que com muita discrição, que no caso dos meus avós, quando um morresse, o outro não demoraria muito a procurar o reencontro. Eles sempre foram muito ligados. Minha avó fazia parte de um grupo de moças da Igreja Presbiteriana do interior de São Paulo. Em uma tarde, receberam a visita de alguns seminaristas que se preparavam para assumir o cargo de pastor em diversas regiões do Brasil.

    Os dois logo se encontraram e começaram a namorar. Acho que estamos no ano de 1943. Meu avô se casou no mesmo ano em que se formou pastor protestante e teólogo. Em seguida, recebeu a responsabilidade de cuidar de um conjunto de igrejas no interior da Bahia. Com isso, desligou-se dos negócios do meu bisavô e viajou, rodando o interior do nordeste por mais ou menos dez anos.

Depois, como se tivessem cumprido uma missão, os dois voltaram para São Paulo e meu avô assumiu o comando de uma das igrejas presbiterianas mais importantes do Brasil. Minha avó sempre esteve com ele: dirigia grupos de estudo da Bíblia de Lutero, presidia visitas a pessoas doentes e não perdia um sermão.

Do mesmo jeito, quando meu bisavô deixou o casarão do Ipiranga para meus avós (o que, já contei, coincide com a minha infância), eles logo dividiram a casa em espaços comuns (o quarto, a sala, o quintal da frente e algumas outras dependências) e também demarcaram lugares próprios. Ou seja, outra vez se harmonizaram com uma facilidade que nunca vi em outro casal. Às vezes, quem cuidava de mim era minha avó. Então, eu teria chá e alguma história construtiva. Meu avô sempre aparecia com uma bússola e uma narrativa épica. Cada sabor de infusão e todos os acontecimentos históricos heroicos que meu avô adorava pertencem a um canto dessa casa.

XIII

Meu avô reagiu conformado à morte da esposa. Ele decidiu continuar no casarão e, talvez para afastar um pouco a saudade, fechou diversos cômodos. Os quartos do fundo foram lacrados. Passei esses últimos anos sem nunca mais vê-los. Quando fui entregar a chave para o novo locatário, fiquei surpreso ao notar que todas estavam funcionando.

Para evitar trabalho, ele secou o laguinho. Quanto ao jardim, deixou-o inteiramente nas mãos do senhor que vinha a cada quinzena limpá-lo e tirar as ervas daninhas. A luneta já estava aposentada havia um bom tempo.

O interior do casarão também sofreu algumas transformações. O piano continuou no mesmo lugar, mas os livros foram para o andar de cima. Como pretendia passar a maior parte do tempo lendo, meu avô não queria subir e descer as escadas mais do que o necessário. Quanto aos banheiros, apenas um continuou aberto.

Providenciamos também que uma faxineira cuidasse do almoço e das roupas. Como sabíamos que ele não queria ser incomodado, combinamos certas regras e sobretudo a obrigação de ela ir embora às duas da tarde. Com o jardineiro, foi a mesma coisa. Desse horário até o dia seguinte, se não houvesse nenhuma visita, meu avô ficaria sozinho.

Foi durante esse período que considerei ir visitá-lo para falar o que eu tinha vontade. Já disse que cheguei até a porta e voltei para trás várias vezes. Por fim, acabei indo vê-lo apenas junto com outras pessoas, o que obviamente inviabilizava qualquer conversa mais íntima.

XIV

Meu avô morreu da forma plácida como os homens da minha família costumam fazer: dormindo, exatamente como o pai dele. A faxineira chegou logo cedo, mas não notou nada. Muitas vezes o senhor Amim só saía do quarto na hora do almoço, mesmo. Quando a comida ficou pronta, ela bateu na porta. Como não ouviu resposta, empurrou-a e o encontrou morto.

O velório aconteceu no casarão mesmo. Depois, os objetos foram separados. Guardamos algumas coisas nos cômodos dos fundos. O imóvel ficou fechado até que três meses atrás uma instituição resolveu alugá-lo. Minha família encarregou-me de cuidar da burocracia. O processo de locação fez-me lembrar de tudo isso.

É muito difícil saber o que meu avô fez no intervalo entre a morte da minha avó e a dele. Surpreendentemente, não encontramos nada escrito. A morte da esposa retirou-lhe o interesse pela redação de artigos teológicos. Entre os livros que estavam no quarto, muita religião (bíblias protestantes em vários idiomas, por exemplo), textos sobre cartografia, as obras completas de Camilo Castelo Branco e um exemplar bastante manuseado do *Grande sertão: Veredas*.

Quando ia ao banco, meu avô caminhava pelo bairro e cumprimentava todo mundo. Lá vai o velho Amim, o avozinho do Ipiranga. No enterro, falo com imenso orgulho, formou-se uma pequena fila na frente do casarão. Do meu canto, eu alternava o olhar entre os visitantes e o rosto pacífico do meu avô, o Monstro da Lagoa, o colecionador, o teólogo, o dono do casarão, o homem que sabia árabe, o velho expedicionário, a única pessoa do mundo que conhecia tudo sobre todos os assuntos.

XV

O que eu queria ter dito para ele, mas não consegui, é uma frase bastante simples: não gosto de ir à igreja, vô, mas acredito em Deus.

Concentração

1

Damião resolveu viajar para Buenos Aires quando percebeu que a próxima crise de solidão seria ainda mais forte. No começo, ele sentia uma pressão muito intensa na parte inferior da nuca e alguma dificuldade para respirar. Depois, a pressão começou a se alastrar pela região lateral da cabeça e, nas últimas vezes, atingiu o maxilar. Quando o queixo começar a sentir aquela maldita pressão, ele dificilmente conseguirá levar uma vida normal.

    Desde a primeira crise, Damião passou a carregar para cima e para baixo uma boa reserva de barbeadores descartáveis. Muitas vezes, a pressão na nuca começa de noite, quando ele costuma tomar café em um desses estabelecimentos que nunca fecham, e, quem sabe, escrever alguma coisa a partir das fotos dos jornais. Elas sempre o inspiram muito. Crítico, Damião já não acredita que a arte da fotografia possa sobreviver ao excesso de artificialismo dos jornais contemporâneos. Mas o rigor não pode ser identificado como uma das causas de suas crises de solidão: a pressão na nuca às vezes surge enquanto ele está extasiado com uma bela fotografia.

A decisão de ir para Buenos Aires veio justamente de três fotografias que ele estava admirando quando a pressão na parte inferior da nuca anunciou que a crise estava de volta. Com a vista meio escura, Damião estendeu o braço direito atrás de um aparelho de barbear descartável dentro da mochila. Quando encontrou, levantou-se, tentou dominar o tremor nas pernas e se arrastou até o banheiro.

Ao jogar um pouco de água no rosto, para não passar a lâmina a seco, ouviu algumas gotas respingando nas páginas do jornal e percebeu que o tinha levado junto com o barbeador para dentro do banheiro. Para não manchar a folha, Damião guardou o jornal dentro da camisa e fez a barba.

Damião percorreu com mais facilidade o caminho do café até o prédio onde vive. Suas pernas ainda tremiam e a pressão na parte inferior da nuca tinha aumentado, mas ele conseguiu se distrair um pouco recordando na cabeça as três fotos. Duas estavam ambientadas em um clube de xadrez da capital argentina. Na primeira, os jogadores, já de certa idade, conversavam. Certamente, discutiam os lances de alguma partida famosa de xadrez. Na outra fotografia, dois tabuleiros estampavam posições diferentes do que deveria ser algum momento importante da história do jogo. Enquanto recortava a terceira fotografia, que não tinha nenhuma relação com o jogo de xadrez, Damião sentiu que a pressão na parte inferior da nuca se alastrava pela lateral da cabeça. Suas pernas não conseguiam recobrar a firmeza e ele estava começando a ter falta de ar. Para ver se conseguia aliviar um pouco as coisas, Damião tateou as paredes até o banheiro, abriu o armário do espelho e retirou um barbeador descartável. Dessa vez, passou a lâmina no rosto seco mesmo. Respirando fundo, sentiu-se melhor. Aos poucos, suas pernas ficaram mais fortes e ele conseguiu voltar à sala para procurar o telefone de alguma agência de turismo. Como já passava das nove da manhã, tentou ver se conseguia, logo para aquela noite mesmo, uma passagem para Buenos Aires. Assim, tão em cima, só direto no aeroporto, e com sorte. Damião, irritado com a resposta, jogou algumas peças de roupa na mala de viagem, guardou as fotografias e fechou o apartamento. Quando bateu a porta, sentiu o pescoço pesar e viu que a pressão na parte inferior da nuca continuava. No banco, sacou um bom dinheiro, já que tinha optado por deixar suas economias em dólar no Brasil. Por um preço bem mais elevado que o regular, encontrou no aeroporto uma passagem para Buenos Aires em um voo sem escalas que sairia no meio da tarde. Antes de embarcar, Damião fez a barba, almoçou e passou na casa de câmbio para trocar seu dinheiro pelo peso argentino. A ideia acabou se revelando uma enorme burrada: se tivesse levado dólar, teria conseguido bem mais ao chegar à Argentina, pois nos dias seguintes o peso desvalorizaria bastante.

 Um pouco depois da decolagem, uma aeromoça foi até a poltrona onde estava Damião e lhe ofereceu um Band-Aid. Ele aceitou a oferta, mais por delicadeza que necessidade, já que seu rosto não estava ferido. Ao acomodar a cabeça no encosto do banco para ver se cochilava um pouco, sentiu a pressão na parte inferior da nuca ficar, outra vez, muito forte. As coisas pioraram ainda mais quando Damião percebeu que tinha esquecido no Brasil o pacote com os barbeadores descartáveis. Um pouco depois da refeição, bem no momento em que Dani recolhia o lixo dos passageiros, a pressão na parte inferior da nuca começou a se alastrar de novo pela lateral do rosto. A própria aeromoça já tinha notado que alguma coisa perturbava Damião, mas, seguindo o treinamento, preferiu não perguntar nada enquanto algo mais grave não acontecesse. A pressão obrigou Damião a chamá-la e fazer o que estava tentando evitar a todo custo: perguntar se ela não tinha um aparelho de barbear descartável. Surpresa e um tanto consternada, Dani respondeu que aquele tipo de coisa só está disponível nos voos de longa distância. Para tentar se acalmar, ele resolveu perguntar se a aeromoça conseguia identificar o lugar onde as três fotos tinham sido feitas. Orientada pelo chefe da tripulação a cuidar de Damião até o desembarque, ela pediu mil desculpas, mas admitiu logo de cara que não entende absolutamente nada de xadrez.

A foto no canto inferior da página, porém, seguramente foi tirada na rua Florida, em frente às Galerías Pacífico. Aquele tipo de casal dançando tango é muito comum ali e ele não deve perder a oportunidade de assistir a um ou dois deles, pois muitas vezes o par é até melhor do que os bailarinos dos salões especializados, apesar do preço abusivo dos ingressos que esse tipo de estabelecimento cobra. A pressão na parte inferior da nuca, mesmo com a conversa, não arrefecia, mas Damião percebeu que, se continuasse falando, conseguiria aguentar sem desmaiar até a aterrissagem.

Quando ouviu que ele estava indo a Buenos Aires para trabalhar, Dani quis saber a sua profissão, mas só porque essa era a melhor forma de continuar a conversa. Ela já estava achando tudo meio monótono. Damião respondeu dizendo que vivia de eventuais trabalhos que oferecia à imprensa. Um jornalista, portanto. Não exatamente, esclareceu.

Dani ficou um pouco mais interessada e quis saber que tipo de texto ele gosta de escrever. Na verdade,

Damião prefere os textos de ficção, mas ele tira o sustento das colaborações para a imprensa, repetiu. Agora, Dani se interessou. Mas Damião não quis admitir que é famoso. No Brasil ele é muito conhecido e elogiado. Outra coisa que Damião também não revela para ninguém é o desagrado com que recebe as análises do seu trabalho, sobretudo quando são usados termos como "estética", "técnica", "criatividade" e "invenção". Sem falar nos odiosos derivativos: a inventividade de um escritor como Damião é rara e muito difícil de ser decodificada em termos estéticos, mas é fácil ver que ele tem um domínio técnico impressionante. Quando o capitão pediu que a tripulação tomasse seus lugares, Dani se despediu oferecendo companhia para um passeio por Buenos Aires. Damião nem respondeu, pois àquela altura a pressão na parte inferior da nuca e no maxilar já não o deixava ouvir nada direito. Ele precisava arranjar um barbeador descartável o mais rápido possível, do contrário desmaiaria a qualquer momento.

  Dito e feito: vinte minutos depois, Damião perdeu os sentidos na saída do túnel que leva os passageiros do avião até as esteiras de bagagem. Quando voltou a si, estava no ambulatório do Aeroporto de Ezeiza sendo observado por uma enfermeira e um médico de cabelos brancos. Na porta, um oficial da Polícia Federal Argentina, mais ou menos da mesma idade que o médico, olhava o brasileiro com alguma curiosidade.

  A enfermeira se aproximou e perguntou se estava tudo bem e se Damião queria um pouco de água. Ele agradeceu e pediu um barbeador descartável. Dani achou estranho, mas explicou que seria melhor ele ficar uns três ou quatro dias sem se barbear, porque seu rosto estava bem vermelho. Na mesma hora, o médico se aproximou, mas quem falou primeiro foi o policial. Damian perguntou se Damião tinha um documento de identidade ou um passaporte e, quinze minutos depois, voltou com um visto de turista carimbado. Antes de se despedir e de desejar boa viagem, Damian olhou de passagem para o médico que acabava de receitar um calmante leve para Damião. Ficou claro que os dois, médico e policial, têm algum tipo de proximidade. Damião, porém, não se interessou por isso.

A propósito, investigar a proximidade que com certeza existe entre o médico e o policial não foi algo que chegou sequer a passar pela cabeça de Damião. Ele notou a troca de olhares, mas, como estava desesperado para comprar logo um barbeador descartável, não deu atenção e, enquanto raspava o rosto no banheiro do aeroporto, esqueceu dos dois para sempre. É uma pena, pois, se tivesse sido mais atento, a amizade renderia um dos melhores textos que Damião jamais escreveu.

Damian e Damian se encontraram pela primeira vez naquela mesma sala há vinte e oito anos, no dia em que o general Juan Domingo Perón retornou do exílio e causou um verdadeiro massacre no Aeroporto de Ezeiza. Um grupo de militantes protagonizou um tumulto que resultou em um enorme tiroteio e em treze mortos. O general foi desembarcar em outro aeroporto enquanto Damian, recém-contratado pelo governo, desesperava-se com tanta gente ferida. Um deles era justamente o policial que fora transferido naqueles dias para o controle alfandegário.

Nada disso, porém, e muito menos o que os dois fizeram depois, passou perto dos planos que Damião fez no hotel, um pouco mais sossegado por causa do carregamento de barbeadores descartáveis que tinha comprado na loja de conveniência do aeroporto.

A pressão na parte inferior da nuca ainda o incomodava. Enfim, como ela estava diminuindo, talvez a crise o deixasse em paz logo.

Antes de adormecer, Damião fez a barba para garantir que teria uma boa noite de sono. E ele dormiu bem mesmo, o que o animou para pedir algumas folhas de papel pelo interfone. Logo, um funcionário do hotel tocou a campainha e lhe deixou, além do bloco de notas, um lápis. Damian agradeceu a gorjeta e, quando retornou à portaria, voltou a interfonar para o hóspede brasileiro, que recusou gentilmente os jornais do dia. Como o recém-chegado havia se registrado como jornalista (ainda que essa não seja a sua profissão), Damian achou que ele gostaria, bem de manhãzinha, de ler os jornais. Damião, ao recusar, justificou-se dizendo que prefere ler enquanto toma o café da manhã, coisa que ele pretende fazer o mais rápido possível, depois de se barbear.

Antes de descer para o café da manhã, Damião se barbeou e rascunhou os planos para os próximos dias em Buenos Aires.

Infelizmente, ele não reservou uma linha sequer para entender o que liga tão intimamente o médico e o policial que ele viu no Aeroporto de Ezeiza. Foi um enorme erro: se resolvesse investir na história, com certeza seus leitores teriam um dos melhores textos que Damião jamais escreveu. O lapso não se deve à pressão que ele vem sentindo na parte inferior da nuca, sem dúvida o sintoma mais terrível de suas crises de solidão. Nas outras vezes, mesmo quando a crise estava no auge, Damião tinha boas ideias e só não podia realizá-las imediatamente porque a fraqueza nas pernas e os constantes desmaios o impediam de sair de casa. Tudo começou, Damião nunca viria a saber, na tentativa catastrófica de desembarque de Perón no Aeroporto de Ezeiza em 1973. Se tivesse seguido a pista, coisa que não fez, Damião não cairia no erro óbvio de achar que os dois, na ditadura militar de Videla-Viola, tinham participado ou da repressão aos Montoneros ou, do lado oposto, dos grupos de oposição armada. Nenhum dos dois tem a menor ligação, ainda, com o atentado à residência do almirante Armando Lambruschini, muito embora Damião não vá dizer isso.

E nem qualquer outra coisa: o que ele está redigindo no bloco de notas é o seu plano para os primeiros dias em Buenos Aires. Infelizmente o planejamento não inclui nem o médico nem o policial que trocaram um olhar suspeito no Aeroporto de Ezeiza. Damião pretende primeiro encontrar os dois jogadores de xadrez da foto e convencê-los a passar uma ou duas semanas com ele (os jogadores de xadrez, não o médico e o policial) para reunir o maior número de detalhes possível. Quando tiver material suficiente, vai partir então para a segunda parte: a mesma coisa, mas agora com o casal de dançarinos de tango. Sentindo que a pressão na parte inferior da nuca tinha praticamente desaparecido, Damião fez a barba e desceu para o café da manhã.

Enquanto tomava café no hotel, Damião folheou os jornais argentinos, mas não encontrou nenhuma fotografia que lhe interessasse. *La Nación* trazia a notícia de que, em uma província distante de Buenos Aires, um padre se crucificara para protestar contra a crise econômica. A fotografia, porém, não deixava ver se ele tinha as mãos pregadas na cruz ou se elas estavam apenas amarradas. As manchetes traziam a notícia de que o ministro da Economia, Domingo Cavallo, resolvera restringir os saques bancários a mil dólares por mês, fixando o limite máximo de duzentos e cinquenta por semana. Logo a paridade entre o dólar e o peso, diziam os jornais, deveria cair. Damião viu que cometera um erro ao trocar, ainda no Brasil, seu dinheiro pela moeda argentina. O equívoco que não percebeu (e de que, aliás, nunca se dará conta) é que ele deveria ter investigado o que liga o médico e o policial que o atenderam no aeroporto. Ao contrário, ele realmente quis investir nas três fotografias que tinha trazido do Brasil. O primeiro passo, agora que está se sentindo melhor e a pressão na parte inferior da nuca é imperceptível, será encontrar os dois jogadores de xadrez. Damian, o garçom que o estava atendendo durante o café da manhã no hotel, explicou que não entendia nada do jogo.

Talvez Damião pudesse conseguir alguma informação com os aposentados que se reúnem na praça Callao para jogar dominó, gamão e, mais raramente, xadrez. Damião agradeceu, fechou a mochila e, antes de entregar as chaves na portaria, foi até o banheiro do saguão fazer a barba. Antes de sair, Damião perguntou como fazia para chegar à praça Callao. Damian pegou um mapa das ruas do centro da cidade e colocou o dedo no cruzamento entre a avenida Belgrano e a Nueve de Julio. Eles estão ali. Basta Damião caminhar até a Entre Rios que, indo em frente, chega à avenida Callao, onde está a praça. Gentil, Damian disse que, embora a cidade inteira seja bonita, a praça de Mayo é um passeio mais interessante. Damião agradeceu, mas explicou que não está em Buenos Aires para fazer turismo, mas sim a trabalho.

Damião não teve dificuldade para encontrar a praça Callao. O problema mesmo era achar alguém que pudesse lhe dar alguma pista sobre os dois jogadores de xadrez. Em um banco, dois idosos tomavam sol e jogavam cartas. Ambos pediram desculpas e disseram que não entendiam absolutamente nada de xadrez. Também não conheciam ninguém que pudesse ajudar. A praça estava cheia de argentinos de todas as idades, muitos inclusive deviam ter passado a noite ali. De vez em quando alguém falava um palavrão.

Um grupo grande preparava uma faixa enorme pedindo a renúncia do presidente. Cartazes menores reivindicavam a prisão do ministro Domingo Cavallo. Nada disso interessou muito a Damião: o que ele quer é encontrar os dois jogadores de xadrez e o casal de bailarinos de tango. Por isso, inclusive, Damião não deu a menor bola para a troca de olhares entre o médico e o policial que o atenderam no Aeroporto de Ezeiza. Se tivesse prestado mais atenção, quem sabe fosse possível descobrir o que os une há tanto tempo e sua visita a Buenos Aires teria rendido o melhor texto que jamais escreveu. Com algum esforço talvez conseguisse até mesmo fotografar o corpo do general Perón. Damião é muito respeitado no Brasil e, assim que anunciasse a descoberta (coisa que nunca vai fazer), com certeza conseguiria mobilizar uma infraestrutura poderosa. Qual não seria o susto do editor quando abrisse o e-mail e lesse que Damião tinha acabado de descobrir o paradeiro das mãos do general Perón, roubadas do túmulo em junho de 1987!

Mas uma coisa dessas nem passa pela sua cabeça. Pelo contrário, ele está mesmo interessado em encontrar os dois jogadores de xadrez. Na praça Callao, no entanto, ninguém tem qualquer informação. Entre os rapazes que estão pedindo a prisão do ministro Domingo Cavallo, um deles chegou a dizer que o avô tinha uma caixa com as peças, mas acabou vendendo por um excelente preço no início da crise. Para quem, não tem a menor ideia.

Antes de desistir e voltar para o hotel, Damião resolveu ouvir o discurso que um homem estava fazendo para um grupo grande de pessoas na lateral da praça. Tratava-se, presumiu, de um líder de desempregados planejando uma manifestação para aquela noite.

Na praça Lavalle, perto dali, aonde Damião não iria tão cedo, ninguém jogava xadrez, mas outro grupo, esse de aposentados revoltados pela restrição aos saques bancários, preparava também um protesto. No final da tarde, os dois grupos se encontraram em frente à Casa Rosada e se juntaram aos piqueteiros que protestavam desde a noite anterior. Como os ânimos ficaram exaltados e alguns manifestantes tentaram invadir o palácio do governo, a polícia reagiu e acabou ferindo com muita gravidade o mesmo rapaz que contara a Damião sobre as peças de xadrez do avô. Damian levou um tiro na perna e outro nas costas, o que acabou o deixando paraplégico. Socorrido pela multidão, ele foi levado a um hospital público que virou palco de outra manifestação, bem mais furiosa.

Nem o médico nem o policial do Aeroporto de Ezeiza, no entanto, têm qualquer participação nos acontecimentos daquela noite, já que estavam em outra região da cidade, de folga com as mãos de Perón.

Na manhã seguinte, Damião sequer comeu alguma coisa no hotel: logo que acordou, fez a barba e saiu para a rua atrás de alguém que pudesse lhe dar uma pista sobre os dois jogadores de xadrez. Seguindo uma informação que trouxera do Brasil, entrou em um dos tantos cafés da avenida Corrientes e pediu ajuda para um dos garçons. Esse tipo de estabelecimento é uma verdadeira instituição na cidade de Buenos Aires e ninguém sai desamparado.

Só mesmo Damião que, depois de percorrer quatro, não conseguiu descobrir absolutamente nada sobre os locais onde se joga xadrez na maior cidade da Argentina.

É irritante saber que ele alcançaria resultados bem melhores se tivesse investigado a cumplicidade que existe entre o médico e o policial que o atenderam no Aeroporto de Ezeiza. Com um pouco de atenção, localizaria inclusive o lugar onde os dois escondem até hoje as mãos do general Perón: um antigo consultório odontológico na Recoleta, bem pertinho do cemitério onde está enterrado o corpo de Evita Perón. Do hotel em que Damião se hospedou, uma corrida de táxi até lá não sai por mais de dez pesos. Caro mesmo é o valor que um antiquário da avenida de Mayo quer por um conjunto incompleto de peças de xadrez. Damião chegou até ele através da dica de um farmacêutico.

Abalado com a falta de informação, acabou sentindo um leve tremor nas pernas e, com medo de que a solidão voltasse (e junto com ela a pressão na parte inferior da nuca), correu até o banheiro do quinto café em que entrara naquela manhã e fez a barba. Como forçou demais o aparelho na pele, a lâmina enterrou no queixo e chegou, inclusive, a ficar pendurada na pele. Já que o sangue não estancava de jeito nenhum, um dos garçons, Damian, o acompanhou até a farmácia. Depois que o farmacêutico, um certo Damian, fez o curativo, Damião quis saber se ele tinha alguma informação sobre onde poderiam se reunir as pessoas que gostam de xadrez em Buenos Aires. Damian pediu desculpas, admitiu que não entende nada do jogo, mas se lembrou de ter visto em uma loja de antiguidades uma caixa com as peças.

O dono da loja, porém, também não entende nada de xadrez. O máximo que Damian pôde lhe dizer é que comprou as peças em um dos tantos mercados de bugigangas que, desde o início da crise, se tornaram tão comuns na Argentina. Um dos maiores fica em um antigo galpão no bairro de Monte Castro. Damião saiu da loja e na mesma hora tomou um táxi para o endereço que o antiquário passou. A corrida ficou em quase quarenta pesos, cinquenta já que ele não quis o troco.

Apesar de não conhecer direito o bairro, o taxista não teve muita dificuldade para encontrar o balcão onde o mercado está funcionando. Muita gente entra e sai do lugar e a rua é uma das mais movimentadas de Monte Castro. Dentro da construção, uma fábrica de sapatos desativada há muito tempo, as pessoas vendem de tudo, desde a prataria antiga da família até uma casinha de cachorro usada. Por setenta pesos, Damião poderia comprar um sofá, um carrinho de bebê ou as obras completas de Jorge Luis Borges.

Depois de algum tempo dentro do galpão, ele viu que, além de vender, as pessoas também trocam muita coisa por comida. Uma mesa novinha vale uma boa quantidade de arroz, óleo e um pouco de pó de café. Conversando, é possível trocar o conserto de um carro velho por parte do material escolar dos filhos. Enquanto tomava notas, Damião viu uma outra caixa com peças de xadrez.

A descoberta acabou se revelando, para ele ao menos (e naquele momento ao menos), muito melhor do que parecia: no fundo da caixa, Damião viu colada uma etiqueta com o nome e o endereço do tradicionalíssimo Club Argentino de Ajedrez. Sem titubear, pagou os quarenta pesos que um velhote de Mendonza estava pedindo pela caixa e correu atrás de outro táxi, que o levou até uma rua do centro da cidade, não muito longe do hotel onde está hospedado.

É um prédio pequeno, de quatro andares, com um estacionamento no térreo. O Club fica no terceiro. A sala estava cheia, mas ninguém se parecia com os dois jogadores que ele procurava. Damião se aproximou de quatro senhores que conversavam em uma mesa e lhes mostrou as fotos. O papel passou de mão em mão, mas ninguém conhecia os dois. A propósito, depois de pedir ajuda em diversas mesas, Damião notou que não havia sequer uma partida de xadrez sendo disputada. Quem tinha um conjunto de peças, completo ou não, tentava vendê-lo, contando que Bobby Fischer havia tocado nelas ou que Anatoly Karpov usara aquele conjunto na famosa apresentação de partidas simultâneas de 1970. Uma enorme sensação de derrota invadiu Damião, que só não saiu dali porque resolveu, antes de fazer a barba, averiguar outra desconfiança que o perturbava desde que começou a busca. E de fato, nem mesmo no Club Argentino de Ajedrez ninguém sabe como mexer as peças do antigo e nobre jogo.

  Naquela noite, no hotel, Damião fez a barba desesperadamente. Um peso enorme carregava suas pernas para cima e para baixo dentro do quarto e, de meia em meia hora, ele corria ao banheiro para se olhar no espelho. Então, desmaiou. Antes de cair, desequilibrou-se por quatro vezes. Apenas na quinta, deixou de se escorar na parede ou nos móveis e viu que ficava melhor no chão. Aos poucos, a pressão na parte de baixo da nuca tornou-se muito forte e Damião perdeu os sentidos. Passava da meia-noite e o pouco movimento que havia no corredor era o dos últimos hóspedes entrando nos quartos. Depois da uma e meia da madrugada, não se ouvia barulho algum em quase todos os andares. Na rua, porém, grupos de piqueteiros ainda se reuniam para combinar o protesto do dia seguinte. Às três e meia da manhã, apenas um ou outro mendigo, junto com os vultos que falavam sozinhos contra o governo de Fernando de la Rúa, moviam-se no centro de Buenos Aires. Foi nesse horário que Damião voltou a se mexer, esticando cuidadosamente as pernas, que ficaram espremidas entre o criado-mudo e a cama. Quando recobrou parte da consciência, concentrou-se para ver se a crise o impedia de respirar direito. De fato, precisou encher os pulmões por três ou quatro vezes para conseguir um fluxo constante de fôlego. A pressão se expandiu pelas laterais do rosto e o maxilar parecia cheio de ferro. Uma bola de chumbo revirava seu pescoço para baixo e sua vista continuava completamente escura. Durante mais algum tempo, Damião procurou apenas realizar movimentos muito discretos com o corpo, para ter certeza de que não tinha perdido de novo os sentidos. Ele temia não encontrar forças para se recuperar de outro desmaio.

Por isso, ficou até as seis da manhã arrastando-se daqui para ali no chão do quarto. Quando chegou à janela, já amanhecendo, Damião ouviu um grupo de pessoas batendo panelas e, mais forte, sustentou-se no parapeito para se levantar e observar o movimento.

Depois, arrastou-se até o banheiro e fez a barba. Muito embora a pressão na parte inferior da nuca continuasse forte, resolveu sair para uma nova busca, agora atrás do casal de bailarinos de tango da terceira foto.

Damião foi direto à rua Florida onde sempre em frente às Galerías Pacífico um casal de bailarinos dança algumas canções de tango para as pessoas da rua. Se não forem eles próprios na fotografia, com certeza vão saber informar o paradeiro do par que Damião está procurando. Em Buenos Aires, os bailarinos de tango têm bastante cumplicidade. A união deles, porém, não é a mesma que liga o policial e o médico que atenderam Damião no aeroporto. Damian e Damian se tornaram praticamente irmãos no mesmo dia em que se conheceram e que, coincidentemente, tornou-se uma data histórica para a Argentina: 20 de junho de 1973.

    Nesse dia, o avião que trazia o general Perón do exílio aterrissou no Aeroporto de Ezeiza, onde Damian tinha começado a trabalhar na alfândega e Damian, recém-formado, no setor de emergências médicas. O tumulto que o retorno de Perón causou foi tão grande que treze pessoas, no mínimo, terminaram morrendo, vítimas do tiroteio que tomou conta do aeroporto e dos arredores por várias horas. O avião de Perón decolou novamente e o general desembarcou na Base Aérea de Morón. No tiroteio, Damian foi atingido de raspão na perna direita. Foi por isso, e não por outra coisa, que ele conheceu Damian, o médico recém-empossado na enfermaria do aeroporto. O ferimento não era grave e ele não precisou ser transferido para o pronto-socorro. Depois que o tiroteio tinha diminuído bastante e o tumulto estava controlado, o próprio Perón entrou na enfermaria, atrás de alguma coisa para dor de cabeça.

    Apesar do nervosismo, o general foi bastante simpático e demonstrou preocupação com o ferimento de Damian. Antes de voltar ao avião, Perón agradeceu ao médico que, exausto, ainda encontrou forças para abraçar o ídolo de sua juventude. O general despediu-se dos dois e afagou levemente as costas de Damian. Em poucas horas, a dor na coluna que o prostrava sempre que ele ficava tenso diminuiu muito — pena que por pouco tempo. Damian e Damian passaram anos discutindo o assunto, enquanto a dor nas costas do médico só piorava e agora o atacava mesmo nos momentos de maior tranquilidade. Quando nem mesmo uma cirurgia conseguiu curar o problema, os dois amigos resolveram roubar as mãos do túmulo do general. Damian não tinha nenhuma outra esperança de curar aquela dor maldita e Damian, movido um pouco por solidariedade e muito por um sentimento político macabro, bem argentino por sinal, acabou embarcando na aventura. No final, até hoje os dois ainda ganham muito dinheiro com as mãos de Perón.

Mas Damião não vai passar nem perto dessa história, preocupado que está em encontrar o casal de bailarinos. Na Florida, em frente às Galerías Pacífico, porém, ninguém dança tango, como já era previsível, há bastante tempo.

Damião resolveu não repetir a mesma odisseia do jogo de xadrez e foi, dali mesmo, direto para o Café Tortoni, onde todas as noites bailarinos de tango se apresentam há muitos anos. É o que lhe disseram. A crise de solidão tinha voltado com toda força e, dessa vez, não deveria demorar muito para derrubá-lo completamente. Damião sabe muito bem — e a pressão na parte inferior da nuca não o deixa mais esquecer — que logo vai desmaiar de novo. Quase perdendo o equilíbrio, cambaleou até a esquina da avenida de Mayo com a Florida. Ali, em um dos cruzamentos mais famosos da Argentina, onde as lixeiras estampam pichações do tipo "as Malvinas são nossas" ou "mijaram na nossa cabeça", Damião agachou e, ansioso, pegou um barbeador descartável na mochila. Ele precisa, de qualquer jeito, arranjar energia para chegar ao Café Tortoni e confirmar que no país inteiro ninguém sabe mais como dançar tango e jogar xadrez. Para isso, barbeou-se ali mesmo, no chão, enquanto ouvia os gritos de uma manifestação de desempregados. Sua vista escureceu e ele precisou de meia hora para, de novo, poder andar até o café. Na porta, Damião garantiu que não queria uma mesa, mas sim o horário da próxima apresentação de tango. Damian lhe respondeu que os espetáculos foram cancelados há algum tempo. Infelizmente, o garçom também não sabe informar onde o brasileiro pode assistir a um número de tango. Até os salões mais tradicionais estão fechados. Damião agradeceu e, com receio de não conseguir andar antes de fazer a barba, pediu para usar o banheiro.

Evidentemente, Damian não só permitiu como ofereceu um pano para estancar a hemorragia da ferida no rosto dele. Mas, antes de Damião responder, dois outros garçons já o seguravam pelo braço, pois ele ameaçou cair. Do jeito que podiam, os três o ampararam até uma mesa. Ele se sentou, colocou a mochila sobre a barriga e desmaiou. Como sempre acontece nessas situações, um pequenino tumulto aconteceu antes que o gerente por fim telefonasse para a polícia. Damian achava que primeiro eles deviam estancar o sangue, mas Damian dizia que o fundamental era reanimar a pessoa. Já Damian explicava que eles tinham que deitá-lo no chão e erguer suas pernas para o sangue voltar à cabeça, ao que Damian respondeu dizendo que era só olhar para o rosto do cara para ver que ele tinha muito sangue na cabeça. Os três ainda não haviam tomado qualquer decisão quando dois policiais entraram no café e carregaram Damião até a viatura.

2

No Hospital Policlínico de Avellaneda, Damião foi logo levado para um quarto. Meia hora depois, já tinha sido reanimado. No mesmo momento em que Damião finalmente pedia um copo de água, o presidente Fernando de la Rúa decretava estado de sítio em todo o país. No entanto, Damião não vai escrever nada sobre a grave crise argentina do final do ano de 2001 (que ele, meio parcialmente, está testemunhando) e muito menos sobre a cumplicidade que existe entre o médico e o policial que o atenderam no Aeroporto de Ezeiza. Sobre a crise, ao menos, ele tinha certa noção, mas quanto à amizade entre aqueles dois, jamais suspeitaria de qualquer coisa. Se tivesse seguido a pista certa, descobriria que em junho de 1987, quatorze anos depois de terem se conhecido, o médico e o policial entraram pelo telhado no mausoléu onde o general Juan Domingo Perón estava enterrado e, cada um com sua habilidade, roubaram as mãos do maior líder político que a Argentina já teve. Damian, em um curso para agentes especiais da polícia, tinha aprendido a abrir cadeados. Depois de decodificar o segredo dos treze que trancavam o corpo de Perón, os dois usaram um maçarico para cortar o vidro que cobria o caixão e Damian, com uma serra de alta potência, cortou as mãos do general. A operação toda demorou umas seis horas, bem menos do que a imprensa estimara na época. Às quatro horas da manhã as mãos de Perón estavam em uma caixa de isopor em um consultório odontológico da Recoleta. Nos anos seguintes, o mesmo lugar serviu de alívio para algumas pessoas com muita dor nas costas e bastante dinheiro para pagar uma sessão de massagem.

    O desmaio não despertou a atenção dos médicos do Hospital Policlínico de Avellaneda. O que os intrigava era a situação do rosto de Damião. Com certeza, para reconstruir a pele de algumas regiões, ele iria precisar de uma cirurgia plástica. Ali, porém, não existe a menor condição de fazer isso. Com a crise, os hospitais públicos passaram apenas a atender os casos mais urgentes. Não demorou muito para descobrirem que o cartão de crédito internacional de Damião lhe dava direito a um seguro médico que contempla a rede particular de Buenos Aires. Por isso, e sobretudo por causa da falta de leito, sua remoção foi rapidamente providenciada, mesmo antes de o paciente fazer outro contato que não fosse o constante pedido por um barbeador descartável. Damião não tinha ânimo para se comunicar e, para dizer a verdade, nem as enfermeiras pareciam dispostas a conversar. Ninguém estava de bom humor na Argentina, mas os funcionários públicos eram os mais irritados, assim como os aposentados, é lógico. A mudança de clima foi óbvia desde a ambulância, também coberta pelo seguro de Damião: Dani, uma enfermeira exuberante e simpática, logo tentou puxar conversa enquanto, pelo canto dos olhos, notava como era grave a situação do rosto do paciente. Só que Damião estava incomodado demais com a pressão na parte inferior da nuca para falar qualquer coisa que não fosse um pedido claríssimo por um barbeador descartável.

A enfermeira achou que não tinha entendido muito bem e decidiu continuar a viagem em silêncio. Dani, no caminho, leu a curta ficha com o resumo do caso e começou a se interessar pelo problema de Damião, ainda que não fosse mais vê-lo. Como trabalhava no setor de remoção, era difícil para ela acompanhar um paciente depois que ele se internava. Ela poderia até pedir informações, ou visitá-lo, mas nunca vai fazer isso: Dani será demitida na manhã seguinte.

Do mesmo jeito, Damião também nunca irá escrever sobre a crise que deixou quase trinta por cento da população economicamente ativa da Argentina desempregada. Na entrada do hospital, Damião foi registrado como jornalista. Ele não gosta, mas a qualificação não é exatamente equivocada, sobretudo se considerarmos que há dois dias o editor de internacional de um dos jornais em que ele colabora com frequência espera a resposta de um e-mail pedindo algo urgente sobre a situação da Argentina, já que ele está, de um jeito ou de outro, testemunhando um acontecimento histórico. Mas Damião não vai nem responder a esse e-mail e, muito menos, chegar perto de descobrir o paradeiro das mãos do general Perón.

Logo que Damião deu entrada no hospital, o médico ordenou a lavagem do rosto do paciente com soro fisiológico e, como ele parecia inquieto, a manutenção de algumas doses de calmante. No início da madrugada, Damian voltou a conferir o sono de Damião, bastante tranquilo, e recomendou que a enfermeira não o deixasse sozinho por muito tempo. Dani, que tinha ficado responsável pelo corredor inteiro durante a madrugada, concordou: ela estava mesmo impressionada com a situação no rosto dele. Damião, porém, continuava se recusando a responder a qualquer pergunta. Ele não aceitava sequer dizer o que estava fazendo em Buenos Aires: antes de ser internado, no auge da crise econômica da Argentina, passou os dias atrás de dois jogadores de xadrez e de um casal de dançarinos de tango. Não encontrou nem um nem outro. A propósito, apesar de ter testemunhado o olhar de cumplicidade entre o médico e o policial que o atenderam no Aeroporto de Ezeiza, perdeu a oportunidade de, com alguma perspicácia, descobrir onde estão escondidas as mãos do general Perón: em um consultório odontológico da Recoleta. Damian e Damian resolveram roubá--las depois de concluir que não existe remédio mais eficaz para dor nas costas. Damian fez isso porque não tinha nenhuma outra esperança de curar a dor que o prostrava desde criança. Damian, por sua vez, foi movido por uma espécie de sentimento político mórbido, muito comum na Argentina, além da solidariedade com o amigo, claro. A operação toda durou por volta de seis horas, bem menos do que a imprensa noticiou na época, junho de 1987. O consultório tinha sido usado por alguns anos pelo sobrinho mais velho de Damian, mas estava fechado desde que o dentista resolvera se mudar para Israel e deixara a sala trancada com alguns móveis velhos. Se não tivesse conseguido tanto dinheiro com as mãos de Perón, provavelmente Damian iria vendê-los durante a crise. Mesmo em 2001, porém, quando pouca gente tinha dinheiro na Argentina, Damian e Damian fizeram três massagens com as mãos de Perón, cobrando dez mil pesos cada uma. Quem pode não reclama para pagar: de fato, depois da massagem, a dor desaparece por quatro ou cinco anos. Em alguns casos, não volta nunca mais. As mãos de Perón, apesar do tempo, estão até hoje bem conservadas, já que Damian nunca descuida da solução de formol em que ficam guardadas. Quando alguém aparece para fazer a massagem, eles secam dedo por dedo (das mãos de Perón), fazem a pessoa sentar-se de frente para a janela, vendam seu rosto, repetem um mantra que Damian inventou para fingir que tudo não passa mesmo de uma sociedade esotérica secreta e então as mãos de Perón apertam o local dolorido com bastante força. É tiro e queda, como podem testemunhar o escritor Adolfo Bioy Casares (que já morreu), o ex-ministro Martínez de Hoz e o sociólogo brasileiro Fernando Henrique Cardoso.

    Damião, porém, jamais terá acesso à lista de pessoas que foram massageadas pelas mãos do general Perón: antes de ser internado, ele passou os dias atrás de dois jogadores de xadrez e de um casal de bailarinos de tango e não deu a menor atenção para a cumplicidade revelada pela troca de olhares entre o médico e o policial que o atenderam no Aeroporto de Ezeiza. Com alguma habilidade, conseguiria descobrir ao menos parte do segredo dos dois. Se tivesse talento para a arte da investigação, e fosse discreto, talvez conseguisse segui-los até a Recoleta. É nesse bairro, elegante e meio kitsch, que já há alguns anos eles escondem as mãos de Perón em um consultório odontológico desativado. O fato de pouquíssimas pessoas, agora na crise, procurarem a sociedade secreta talvez dificultasse um pouco a vida de Damião: de tocaia, observando a entrada e a saída do prédio, ele não descobriria nada. Outro caminho completamente improdutivo seria tentar, provavelmente com o porteiro do prédio, saber a identidade das pessoas que tinham entrado na sala junto com Damian e Damian. Mesmo que o cara, por uns trocados, lhe dissesse alguma coisa, de nada adiantaria tentar descobrir o que Fernando Henrique Cardoso, por exemplo, tinha ido fazer lá. Depois que o ritual termina, Damian explica que a pessoa não pode revelar para absolutamente ninguém o que acontece lá dentro, nem mesmo o pouco que elas veem — e que, atenção, não inclui as mãos de Perón. Se o ritual for revelado, a dor nas costas volta ainda mais intensa. Quem tem problemas de coluna sabe que, nem de longe, nenhuma das pessoas que frequentaram o consultório odontológico da Recoleta, diante da ameaça, cogita falar qualquer coisa. O combinado é o seguinte: caso conheçam mais alguém que também sinta dor nas costas e possa pagar pela massagem, eles devem passar o contato do felizardo para Damian ou para Damian, e os dois vão atrás do possível paciente. Com isso, conseguiram manter o segredo até hoje.

Na noite seguinte, Damião não dormiu, como aliás metade da Argentina: De la Rúa fez um pronunciamento que era aguardado com ansiedade. Todo mundo acreditava que ele anunciaria novas medidas para flexibilizar os limites aos saques bancários. A fala do presidente foi decepcionante. Ele apenas explicou as decisões anteriores e pediu calma, tudo o que ninguém mais estava disposto a ter. As enfermeiras de plantão assistiram ao pronunciamento no dormitório, até porque os pacientes pareciam todos tranquilos.

    Damião aproveitou o descuido e saiu da cama. Silencioso, abriu algumas gavetas e, depois de mexer um pouco, encontrou finalmente um bisturi. Com medo de ser ouvido, foi quase na ponta dos pés ao banheiro, onde aproveitou o espelho para fazer a barba. Quando já estava praticamente terminando (só faltava o queixo), uma enfermeira apareceu na porta e, assim que percebeu o que o paciente estava fazendo, chamou mais três colegas para colocar Damião de volta na cama. Ele não impôs nenhuma dificuldade, mas achou estranho o fato de estar sendo amarrado. Para ele, aquilo não estaria acontecendo se a coisa toda não coincidisse com o discurso do presidente. Do hospital, Damião ouvia os gritos com que, logo depois que o pronunciamento acabou, as pessoas resolveram manifestar o enorme descontentamento que abatia o país. Uma hora depois de ele ter sido amarrado, lá pela meia-noite, uma multidão se aglomerava na praça de Mayo pedindo a renúncia do presidente. Nem Damian nem Damian, porém, estavam por perto. Damian passou a noite de plantão no aeroporto enquanto Damian, de folga, tinha resolvido visitar o Uruguai, longe daquela loucura toda. Quando o dia estava nascendo e a bagunça na rua tornando-se apenas um rumor distante, Damião finalmente caiu no sono. Barbeado e feliz, dormiu umas doze horas seguidas, e foi despertar só na noite seguinte. Mais disposto, aceitou a comida que a enfermeira Dani ofereceu e depois, de bom humor, permitiu outro banho de soro no rosto. Às onze da noite, um médico viria vê-lo.

A pressão na parte de baixo da nuca diminuíra um pouco e ele, então, sentia-se melhor até para conversar. Primeiro, perguntou por que estava amarrado e antes de ouvir a resposta (que nunca viria), brincou dizendo-se confundido com o ministro Domingo Cavallo. Dani não respondeu, mas ficou surpresa com a articulação do paciente. Com muita experiência no setor psiquiátrico, em outras condições ela logo daria o diagnóstico. Para não deixá-lo falando sozinho e, sobretudo, para fazer o tempo passar enquanto o médico não aparecia, Dani perguntou se Damião não podia informar o contato de alguém no Brasil. Ele preferiu dizer o telefone da irmã, aliás médica, para não assustar a mãe.

Mas o editor do jornal já tinha feito esse imenso favor, ligando para perguntar se ela sabia o paradeiro do filho, pois Damião não respondia aos e-mails havia uma semana.

O médico atrasou um pouco e veio conversar com Damião perto da meia-noite. Buenos Aires continuava agitada, agora na expectativa da grande manifestação que prometia parar o país no dia seguinte. Damian, responsável por todo aquele setor do hospital, primeiro fez umas perguntas banais sobre a alimentação e o estado geral do paciente, e depois quis saber sem muitos rodeios por que ele tinha ferido o rosto daquela maneira. Confuso com o espanhol, Damião pediu para o médico repetir e depois, ao ter certeza do que estava ouvindo, disse que não via nada de errado com o seu rosto. O problema todo é essa maldita pressão na parte de baixo da minha cabeça. Às vezes, não consigo nem respirar direito e as minhas pernas começam a tremer muito. De repente, é melhor desmaiar mesmo. Damian cochichou alguma coisa com a enfermeira. Ela também não tinha compreendido direito a resposta.

Talvez o paciente pudesse falar um pouco mais devagar. Claro, o problema todo é essa maldita pressão na parte de baixo da minha cabeça. Às vezes não consigo nem respirar direito e as minhas pernas começam a tremer muito. De repente, é melhor desmaiar mesmo. Damian agradeceu e, sem esconder o espanto, pediu à enfermeira a ficha de Damião. Antes de sair, ainda falou alguma coisa em voz baixa com Dani e, para o paciente, prometeu voltar no dia seguinte, antes de sair para a manifestação. Diversos jornalistas brasileiros já estavam na Argentina cobrindo a crise, coisa que Damião, que não é um jornalista típico, não está minimamente preocupado em fazer. O que ele quer, agora, é olhar-se no espelho para ver o que há de tão estranho no seu rosto. Dani, porém, recusou-se a desamarrá-lo, mas lhe trouxe um pequenino estojo de maquiagem com um espelhinho embutido. Damião olhou-se e pôde comprovar que não há nada de errado no seu rosto. O problema todo é aquela maldita pressão na parte de baixo da nuca. Às vezes, ele sequer consegue respirar direito e suas pernas começam a tremer sem nenhum controle. Apenas quando desmaia, sente algum alívio. Dani, porém, nem sequer lhe respondeu, apenas confirmou que não poderia desamarrá-lo. Na mesma hora, Damião sentiu a pressão na parte inferior da nuca tornar-se muito forte, mais intensa do que nos outros momentos críticos da crise. Se ele ficar calado e imóvel, talvez a pressão não se espalhe pelo rosto e, assim, não atrapalhe demais sua respiração. Além de amarrado, ele não quer de jeito nenhum ser entubado naquele hospital maluco. Mas isso não vai acontecer: logo cedo, depois de uma noite terrível, sem poder controlar a tremedeira que se alastrou das pernas para a parte superior do tronco do paciente, o médico decidiu administrar uma dose bem maior de calmante e Damião dormiu.

Quando despertou, Damião ouviu o burburinho que vinha tanto da rua quanto do corredor do hospital e percebeu que não conseguia se mover. De início, achou que o tivessem amarrado com ainda mais força. Com um pouco de concentração notou que não era capaz nem mesmo de mexer os dedos. Assustado, começou a suar bastante. Todo mundo morre de medo de ficar paraplégico.

Por isso Damião fez uma força imensa para erguer o pescoço. Nesse momento, a pressão que fazia seu corpo pesar uma tonelada voltou a se concentrar na parte inferior da nuca e ele achou que estivesse caindo em um buraco enorme. Primeiro, sua cabeça chocou-se contra o chão, depois, algum tempo depois, o resto do corpo se esparramou como se fosse uma sacola velha cheia de pano.

Ao contrário do que imaginava quando começou a cair, Damião sentiu-se muito tranquilo e, até, aliviado. Deitado ali, a pressão tinha desaparecido completamente. O detalhe curioso é que ele continuava ouvindo o burburinho que vinha tanto da rua quanto do corredor do hospital. Finalmente, mais uma de suas crises de solidão tinha passado. Mas Damião não precisava se mexer: pela primeira vez em mais de dois meses, ele se sentia bem de novo.

No corredor, percebeu que as enfermeiras corriam para ir à manifestação. Grupos cada vez mais barulhentos e raivosos passavam gritando pela rua. De vez em quando ele conseguia ouvir com toda clareza o que diziam: sobretudo palavrões. Damião ficou contente, pois está evoluindo no espanhol. Mais uns dias ali, ouvindo tudo, e talvez já consiga conversar. Então, concluiu, o ideal era mesmo ficar quietinho, só escutando o que as pessoas diziam do lado de fora. Ele não vai ouvir, porém, a voz de Damian nem a de Damian.

O policial resolveu passar alguns dias no Uruguai, até porque tudo o que menos quer é ser convocado para trabalhar nas ruas durante o estado de sítio. Já Damian saiu do plantão no aeroporto às dez horas da manhã e foi direto para a sala onde os dois escondem as mãos amputadas de Perón.

Agora, às seis horas, quando a manifestação acaba pontualmente de começar, Damião não sente dor nenhuma e a pressão desapareceu.

É preciso ficar claro que, como suas costas nunca o incomodaram, a massagem com as mãos de Perón não serviria para nada. Mas se tivesse seguido a pista certa talvez redigisse o melhor texto de sua vida. Agora, porém, às seis da tarde, a única coisa possível de saber — e que será divulgada — é que seu corpo, mesmo naquele hospital imenso, está absolutamente sozinho.

Anna O.

1

Não é muito justo dizer que a formatura livrou-o completamente do problema da insônia. Às vezes, ele demora muito para dormir ou, mais raramente, termina passando a noite em claro. Se tiver algum compromisso sério para o dia seguinte (aulas na universidade, um paciente famoso ou o aniversário do filho), fecha os olhos, reza três vezes o pai-nosso e começa um exercício que aprendeu alguns anos antes com uma paciente maluca. Se você tiver insônia, pode tentar: feche os olhos, imagine-se em um campo muito verde e seja ridículo a ponto de ordenar que os próprios pés durmam. Depois, peça que os joelhos e as coxas adormeçam, em seguida o quadril, a barriga e o resto do tronco. Se, meia hora depois de começar esse ritual patético, sua cabeça ainda não estiver completamente adormecida, desista, não vai dar certo. Por isso, ele se levantou, caminhou em silêncio até a cozinha, voltou nu no meio do caminho, pegou um livro, tentou ler algumas páginas, fechou-o cheio de medo e tédio, admirou a capa discretamente azul, voltou para o quarto, deitou-se novamente e começou a imaginar se a esposa não sentiria vergonha de dizer por aí que ele é seu marido.

2

Besteira. Ela sempre teve muito orgulho do lugar de destaque do marido na medicina. Assustou-se um pouco, é verdade, quando soube que ele pretendia ser psiquiatra. O que tinha mudado na cabeça do rapaz forte e atlético que passou os três primeiros anos da faculdade querendo ser o médico da seleção nacional de vôlei?

Sono, muito sono. Mesmo assim ele caminhou com segurança até o antigo orientador. M. E. sabia muito bem o que o seu melhor aluno queria. Quando estendeu as mãos, inclusive, não pôde deixar de sorrir: que coisa, aquele tremor pareceu-lhe o mesmo do dia da defesa da tese de doutorado (aprovada com distinção e louvor e recomendações entusiasmadas para a publicação). O ensaio tentava mostrar que talvez a dor nas pernas e a dificuldade de andar da senhorita Elizabeth von R. não fossem necessariamente um caso de histeria. O resultado foi um livro muito discutido, a precoce consagração no meio psiquiátrico e uma enormidade de entrevistas. Mas e Anna O.?

M. E. olhou para seu antigo aluno, sorriu mais uma vez e deixou bem claro que, se ele quisesse chorar, fingiria que tinham voltado os dois para as vésperas da defesa da tese. Só isso.

3

O antigo orientador ficou em silêncio, observando como o pavilhão dos professores tinha mudado desde a sua aposentadoria. Passou lentamente os olhos pelas plaquetas das portas e percebeu a nova moda dos recém-contratados: estampar a palavra "doutor" antes do nome. Finalmente, os dois, o velho psiquiatra e o seu melhor aluno, agora um dos principais especialistas do país, entraram na copa e, ainda em silêncio, pegaram duas xícaras de café. Ele, antes de colocar açúcar, olhou ao redor. Procurava um possível gravador escondido dentro do vaso de flores, da lata de lixo ou até da garrafa térmica. Da garrafa térmica? É, a gente faz de tudo quando está com sono.

Para quebrar o gelo, M. E. resolveu perguntar se, depois de todos aqueles anos, o perfil do cunhado de Elizabeth von R. estava concluído. *E Anna O.?* Ele fez que não com a cabeça, mas se animou a discutir o velho ensaio. O silêncio é a pior arma para combater o sono.

E a vergonha? O psiquiatra achou que alguém se movia por trás do orientador, um aluno, um espião, Anna O. e, com um salto, atirou-se sobre o atrevido. Devia estar sonhando, pois tudo não passava de uma pilha de cópias xerox. Alunos adoram apostilas, espiões. M. E. entendeu perfeitamente o que estava acontecendo, sorriu outra vez, colocou a mão direita sobre o ombro do antigo aluno, que estava com sono, e pediu calma.

Distinção e louvor.

4

No final da tarde, o psiquiatra conferiu a agenda do dia seguinte, pediu que a secretária desmarcasse os dois encontros com os jornalistas (não falaria com a imprensa) e disse que ficaria estudando até escurecer. Ele queria voltar para casa bem no horário do jogo de basquete do filho no clube do bairro. Será que o garoto sentiria vergonha do pai?

Tentou ler um pouco, mas o sono embaralhava as linhas e atrapalhava a concentração. Passou os olhos pelas lombadas até achar o volume de capa azul-escura que discutia a conveniência social do termo "loucura". Mas, do mesmo jeito, não conseguiu reler o artigo sobre política e saúde mental. Enquanto tentava fixar os olhos na fotografia de um hospício chinês, na verdade um campo de concentração para dissidentes do regime, lembrou-se dos tempos de juventude, quando participava cheio de vida das passeatas pelo fim dos manicômios.

Em maio de 1968 ele tinha vinte anos.

5

Quando chegou na quadra, bastante atrasado, viu um dos rapazes fazendo uma cesta impressionante. Localizou o filho um pouco mais atrás. O garoto jogava como armador, uma espécie de estrategista responsável por criar jogadas e facilitar o trabalho dos atacantes do time. O filho acenou e mostrou com as mãos onde sua namorada estava. Os dois sempre tinham se dado muito bem, os três.

No entanto, antes de se sentar, o médico viu um outro jogador se contundir e correu até a quadra. Com as

mãos, apertou forte o tornozelo machucado, manteve-o na posição correta e garantiu que não tinha sido nada. O filho o olhava cheio de orgulho e ele pôde até, muito claramente, ver que o garoto fazia gestos para a namorada.
Que dor, meu Deus.
Depois, passou algum tipo de pomada na perna do rapaz e disse para ele ficar dois dias sem jogar. Aquela partida, nunca. Faltavam pouco mais de trinta segundos.
Enquanto o filho se arrumava no vestiário, o médico convidou a namorada para tomar um lanche antes de voltar para casa. Quase todo o time foi junto. Os rapazes adoravam sair com ele. Em casa, contariam o que ele tinha falado e explicariam que, além de psiquiatria, o cara ainda é bom em torções e quedas no meio de jogos de basquete. A molecada hoje em dia não lê mais jornal. O rapaz contundido fez questão de ir junto. Só um pouco, tio.
Foi bom: desde que tinha recebido a notícia de que seria o responsável pelo laudo, não conseguia se distrair. No entanto, teve quase certeza de que alguém o seguia, ele e o filho, no estacionamento. Depois, um carro jogou luz alta sobre eles. Filhos da puta. Deixa disso, pai.
O filho ficou ainda mais espantado quando o pai perguntou a opinião dele sobre o mundo. O mundo todo?

6

Quando o telefone tocou, o psiquiatra deu-se conta de que ainda não tinha conseguido dormir. Antes de se levantar, cerrou os olhos míopes para enxergar as horas e balbuciou um palavrão. A esposa deve ter ouvido alguma coisa, pois resmungou e virou-se de lado, embaixo do cobertor. Não teve ânimo para afagar com o braço o marido. Se tivesse feito isso, talvez acordasse preocupada, pois ele já estava na sala, xingando um pouco mais alto o idiota que, do outro lado da linha, apenas fazia um ruído estranho com a boca. A noite é silenciosa apenas para os ingênuos. Depois de bater o telefone, sem se preocupar com o barulho, foi até a cozinha, apanhou na geladeira a garrafa de água, que tilintou ao se chocar contra o vidro de chá, e tomou longos goles quase sem sentir o gosto. Da água? A raiva misturava-se ao ódio e ao medo, e por causa desse último foi até o quarto do filho e se espantou ao ver a namorada dormindo ao lado do rapaz. Mas, depois da lanchonete, ela não tinha ido para casa?

Esfregou o rosto, como se não tivesse certeza de que ela estava mesmo ali. A garota despertou assustada e virou os belos olhos verdes na direção dele, do pai.

O psiquiatra, o pai, fechou a porta, ainda espantado com a beleza da moça, e sentou-se no sofá da sala. Meio machista, sentiu orgulho do filho e, por causa dele, do filho, sem mais nem menos, começou a chorar. Por causa do filho.

7

Quando chegou ao consultório, apressado porque teria que dar aula na universidade no começo da noite e ainda precisava atender quatro pacientes, a secretária lhe avisou que três jornalistas (dois da Espanha...) tinham telefonado para agendar entrevistas. Ele reafirmou que não falaria com a imprensa e quase desmaiou de susto quando ela avisou que, logo cedo, três rapazes tinham vindo arrumar a linha telefônica. Mas quem foi que chamou? Furioso, o psiquiatra fuçou o consultório inteiro, os cantos todos, o banheiro, a pequena cozinha, as gavetas da espantada secretária e os fundos dos tapetes das três salas. Nem as latas de lixo — principalmente elas — escaparam. Não encontrou, porém, o menor sinal de grampo. Na mesma hora, ordenou que ela desmarcasse, pelo celular, por favor, todas as consultas até o dia em que ele fosse passar a maldita visita. Telefonou para a esposa de um orelhão para saber se aquele engraçadinho continuava ligando. Ela respondeu que não, mas acabou piorando a situação ao contar que uma emissora de televisão tinha telefonado para o filho, perguntando se o garoto não poderia descrever as convicções políticas e a personalidade do pai. Falavam espanhol? Ela não sabia dizer, mas acrescentou que havia chegado também uma carta sem indicação de remetente.

O psiquiatra foi aos pulos até o estacionamento e saiu desesperado em direção à sua casa. Duas quadras depois, bateu em um carro preto que tinha todo o jeito de ser um veículo oficial.

8

Por um instante, pensou em não parar, ignorar o acidente e continuar voltando para casa. Mas enquanto se decidia entre colocar o pé no acelerador ou no breque, veio-lhe à cabeça a imagem do dia da formatura, quando sua mãe quase morreu de tanto chorar. No momento do juramento, em que todos devem se levantar, ela não aguentou e caiu na cadeira. Nenhum dos dois carros tinha sido muito prejudicado. O outro, do qual saíram duas meninas com jeito de sem-vergonha, acabou ficando sem uma das lanternas traseiras. De cara, ele viu que as duas estavam chapadas. A polícia apareceu muito rapidamente, mas o psiquiatra mostrou a credencial de médico do governo e pediu para que o guarda liberasse as duas também. Nenhuma delas se parecia com a namorada do filho. Excelente. Talvez um dos guardas o tenha reconhecido, pois não é comum que a polícia libere assim com tanta velocidade os envolvidos em um acidente. Mas foi coisa leve.

Em casa, ele se enfureceu outra vez ao abrir o envelope sem remetente e ler, colado em uma folha de sulfite, o nome *Anna O.* formado a partir de cinco letras de jornal. *Anna O.* A esposa, que agora estava começando a ficar assustada, perguntou se as ligações mudas tinham alguma coisa a ver com isso e, sem esperar resposta, resmungou, questionando a veracidade da independência que o governo tinha garantido para o laudo do marido. Ele respondeu que só poderia saber no dia da visita ao general. De qualquer maneira, até ali o governo não tinha feito o menor contato. Aquilo era coisa de algum palhaço.

9

De um jeito ou de outro, assim que o filho chegou da faculdade, eles fizeram as malas e chamaram um táxi para ir para a casa da avó, que morava a umas duas horas dali. O casal tinha resolvido fazer isso para afastar o filho do burburinho que certamente a imprensa causaria e, essa é a verdade, por segurança. O rapaz passou o telefone da avó para a namorada e os dois prometeram se encontrar no fim de semana. Quando o taxista chamou pelo interfone, o psiquiatra julgou que o cara tinha sotaque castelhano e, desconfiado, dispensou-o. Ele mesmo levaria a família para o interior.

Será que teriam vergonha?

Na volta, já de madrugada, resolveu desviar um pouco o caminho e passar na casa de M. E. que, há décadas, nunca dormia antes das seis horas da manhã. O velho abriu a porta e ficou sinceramente satisfeito com a visita do ex-aluno. Os dois sentaram-se na cozinha e puderam conversar longamente sobre o laudo e, como não poderia deixar de ser, Anna O.

Já tinha amanhecido quando deixaram de lado a história do pudim queimado. Lendo alguns relatórios, o psiquiatra soube que o general sentia, às vezes por várias horas seguidas, um forte cheiro de pudim queimado. Nem M. E. nem ele, porém, quiseram citar a palavra "tortura". *Mas e Anna O.?*

10

Quando chegou em casa, apesar do sono quase desesperador, o psiquiatra começou a se incomodar com o silêncio. Na cozinha, procurou fazer muito barulho para descongelar o prato que a esposa tinha deixado no congelador. A comida era suficiente para dois, mas ele devorou tudo sozinho, crente que a barriga estufada o ajudaria a adormecer. Que nada.

Na janela de casa, resolveu treinar os pontos cardeais e procurou localizar o Norte, justamente o lugar onde ficava o hospital. Mas àquela hora as luzes chamavam muito mais a atenção do que a ingênua rosa dos ventos que ele estava tentando desenhar na cabeça. No entanto, também elas ajudaram a aumentar seu desespero, já que depois de um instante de admiração ele não sabia dizer quais as luzes que de fato correspondiam a uma lâmpada, quais poderiam estar vindo daquela rara noite estrelada e quais eram produto da insônia que o estava enlouquecendo.

Preocupado com isso, afastou-se da janela e notou um envelope na porta de serviço. Esse tinha remetente: vinha do setor de diagnóstico psiquiátrico do Hospital Central, designado pelo Ministério do Interior como o responsável pelos exames. Quando foi apanhá-lo, andando quase em câmera lenta por causa do sono, bateu com força a perna na mesinha da sala e, como estava mesmo sozinho, finalmente chorou.

11

Talvez ele tenha dormido um pouco no sofá da sala mesmo. O envelope, porém, o médico foi abrir apenas no dia seguinte, em um local inesperado: o zoológico. Sentado em frente ao espaço dos orangotangos, ainda antes de ler os primeiros laudos, telefonou do celular para a esposa que aparentemente estava acordando. Quase aos berros, explicou que não estava falando daquele jeito por causa do sono, mas sim porque dois (ou até mais) orangotangos estavam brigando na copa da árvore ali ao lado por causa de uma fêmea resistente. A propósito, uma bobagem, pois independentemente de quem saísse vencedor, ela copularia exclusivamente com o macho de sua preferência.

Segundo os laudos prévios, o general sentia muita dor ao andar e cansava-se rapidamente. Seu comportamento era calmo, amistoso até, mas predominava a *"belle indifférence* dos histéricos". Com algum estímulo, conseguia lembrar-se de certos momentos do passado recente. Mas não se recordava do que fosse mais distante. Reconhecia os parentes depois de um curto intervalo de tempo (alguns minutos) e apresentava ligeiros intervalos de depressão. Esses últimos, porém, tinham desaparecido nos últimos dias. Recorrente mesmo era o cheiro de pudim queimado.

E a vergonha.

Um dos orangotangos pulou da copa da árvore para o chão repentinamente, mas o que assustou mesmo o psiquiatra foi a assinatura do laudo: embaixo dos garranchos constava a patente militar do médico que tinha escrito o documento.

12

Pela primeira vez desde que fora designado para assinar o laudo, o psiquiatra abriu os jornais. Passou os olhos pelas longas páginas sobre o caso, deteve-se um instante em uma notícia sobre os problemas diplomáticos que o general estava causando e perdeu a paciência. Com um golpe, jogou todos no mesmo latão de lixo da universidade e foi até a secretaria buscar a correspondência. Surpreendentemente, encontrou um telegrama do governo em que o ministro em pessoa lhe avisava o dia e o horário da visita. O psiquiatra deveria escrever e assinar o laudo na folha que um dos enfermeiros lhe entregaria na hora. Mas por que tinham enviado aquilo para a universidade?

Na porta da sala de aula, um jornalista insistiu muito para que ele desse uma declaração. Podia ser uma frase. Inspirado por um lampejo de bom humor, ele deixou as coisas na mesa, olhou para a sala repleta de alunos e finalmente virou-se para o repórter:

"*Mas e Anna O.?*"

Os alunos caíram na gargalhada e, na mesma hora, resolveram aplaudi-lo. Ele, por outro lado, levou tudo na brincadeira, até que, no fundo da sala, enxergou M. E. sentado em uma das cadeiras próximas à janela. O antigo orientador também estava aplaudindo, morrendo de rir com a história.

13

Mas tê-lo visto deixou o professor emocionado e, outra vez, agora na frente de todo mundo, ele começou a chorar. Os alunos ficaram quietos, e justamente o mais bagunceiro da sala ofereceu-se para buscar um copo de água. Antes que o professor pudesse responder, uma confusão tomou conta do corredor, pois dois alunos saíram da sala para expulsar o jornalista, certos de que o professor tinha ficado incomodado com a inconveniência dele. Quem é que pode trabalhar assim? Logo, os seguranças controlaram a bagunça e a aula pôde finalmente começar.

O psiquiatra, antes de tudo, avisou que não poderia dar a aula seguinte e apontou para M. E., que gentilmente tinha se oferecido para substituí-lo. Pouco depois, o chefe do departamento abriu a porta e acenou, explicando que precisava conversar urgentemente com ele. Aproveitando o clima de desordem, os alunos resolveram vaiar abertamente o intrometido.

Do lado de fora, o psiquiatra soube pelo colega (um idiota que parecia um bacalhau recém-saído do mar) que vários jornalistas estavam pedindo informações sobre sua vida profissional, as linhas de pesquisa, os cursos já dados e suas possíveis filiações. Ele queria saber se podia passar adiante os dados. Na verdade, o chefe do departamento estava querendo mesmo era aparecer no jornal.

14

O psiquiatra recusou, reafirmando que não queria nada com a imprensa. Como a sala estava completamente afoita, a aula foi cancelada. Enquanto saíam, alguns alunos acenaram para o professor, e dois deles, um casal muito simpático, desejaram boa sorte. Uma outra, morrendo de vergonha, achou coragem em algum lugar para dizer que tinha muito orgulho de ser sua aluna. Aparentemente, ao menos os alunos não sentiriam vergonha. M. E. esperou no fundo da sala e, quando o ex-aluno se aproximou, disse que, naquele caso, talvez ele devesse tomar, sim, alguma coisa para dormir.

Ele resistiu ao remédio por mais duas noites, vagando pela casa, tomando litros de água e xingando aquele palhaço que não falava nada do outro lado da linha. Na terceira noite, porém, atirou o aparelho de telefone na parede. O barulho do choque ecoou dentro de sua cabeça e ele quase desmaiou de sono. Mesmo assim não conseguia dormir. O médico vedou as portas com jornal, trancou todas as janelas e avisou a secretária (sempre pelo celular) que não atenderia ninguém até a semana seguinte: depois de assinar o laudo, iria direto encontrar a esposa e o filho.

Depois, pegou um comprimido, cuidadosamente o dividiu ao meio e engoliu uma das partes. Enquanto se deitava, repetiu a oração que fazia todas as noites quando era criança, *Por favor, Jesus, faça que eu não sonhe e nem pesadelo.*

15

Antes de entrar para passar a visita e assinar o laudo, ele se encontrou no corredor do hospital com o militar que tinha escrito o documento anterior. O psiquiatra fingiu que estava ouvindo o que o outro falava enquanto andavam até a sala e, quando viu a mão do colega estendida para cumprimentá-lo na frente das sentinelas, teve vontade de quebrar o nariz do idiota. Mas não fez isso. Ao entrar, abriu um pouco as cortinas e pediu que o general se sentasse. O velho, porém, alegou que não conseguia e, cheio de arrogância, disse que preferia ser atendido deitado mesmo. O psiquiatra estava cansado demais para discutir e notou como o general gostava de dar ordens. Algumas pessoas não aprendem nem prostradas. Apalpou-lhe os braços e as pernas e ouviu um ruído agudo de dor. Além de tudo, a voz dele era irritante. Calmo, ouviu as mesmas queixas que estavam no documento militar e disse que tentaria fazer o general lembrar-se de algo do passado pressionando-lhe a testa. O velho não gostou, mas permitiu e reafirmou, mesmo depois da intensa pressão, que não se lembrava de nada. O psiquiatra pediu-lhe para descrever as imagens que surgiam na vista do general instantes depois da pressão, mas o paciente fez um barulho estranho com a boca e disse que há muito tempo não enxergava bem. Tinha medo, inclusive, de terminar cego. Que vergonha.

Já estava na hora de tudo aquilo terminar. O psiquiatra cobriu o general, fez que sim respondendo a alguma bobagem que ele estava falando, abriu o envelope com o papel em que deveria escrever o laudo, assinou antes e, sentado à minúscula mesa, escreveu em letras redondas e muito compreensíveis apenas uma linha:

Augusto Pinochet Ugarte não apresenta boas condições mentais.

O general Pinochet, por outro lado, é um filho da puta.

Diário de viagem

1

Como minha conexão para Lisboa demoraria ainda seis horas, saí do aeroporto de Amsterdã para tomar um pouco de fôlego. Gosto muito de viajar, mas detesto o ar-condicionado dos aviões e tenho certa ojeriza a qualquer tipo de free shop. Caminhei um pouco pelos arredores, notei o policiamento descontraído nas áreas de maior movimento e resolvi observar nas placas dos pontos de ônibus o vocabulário holandês. Um dos meus principais hobbies, além do jogo de xadrez, é o estudo das línguas. Enquanto tentava desvendar algumas palavras mais próximas do inglês, notei que um mendigo me olhava fixamente. Cheguei perto e ofereci dois euros por uma foto (o maldito câmbio). Ele aceitou e fez a típica pose de mendigo sorridente do Primeiro Mundo. Enquanto acertava o foco, quase caí de costas ao ver que sobre uma de suas sacolas havia um guia turístico de São Paulo. Em português.

2

Espantado e sem saber exatamente o que fazer, voltei para dentro do aeroporto e sentei-me em um banco para recobrar o fôlego. Se eu já estava com falta de ar fora do avião, o que me esperaria no voo para Portugal? Comecei a sentir um pouco de tontura e por um instante dei razão a minha mãe: viajar para visitar o túmulo do meu pai, o filho da puta, era uma bobagem. Fechei os olhos, lembrei-me dos lamentos dela enquanto eu crescia, das desculpas da minha fase adolescente e de sua atual falta de paciência. Descansei um pouco, respirei fundo, apertei a mochila nas costas e saí novamente atrás do mendigo. Do lado de fora, porém, uma tempestade ameaçava cair, e não achei ninguém além dos costumeiros traficantes picaretas de Amsterdã. Voltei para dentro e vi, ao lado de uma loja de quinquilharias chinesas, o anúncio de uma oferta: revelação de um filme de vinte e quatro poses em uma hora por doze euros. De brinde, outro filme. Tirei as fotos restantes do cartaz mesmo (por isso tenho provas) e aguardei ansioso pela revelação.

3

Já ouvi dizer que a Holanda é um dos principais centros de estudos de linguística do mundo. O que me encanta nas línguas são as semelhanças. A palavra "polícia" em holandês, por exemplo, é bastante parecida com o português: "politia." Parece-se também um pouco com "política". No entanto, eles foram muito simpáticos e não me fizeram nenhuma pergunta na alfândega. Aliás, o rapaz quase carimbou a entrada em cima da minha fotografia no passaporte. "Grátis" se escreve do mesmo jeito, apenas sem o acento. Na frente de um banco, achei outra semelhança em um cartaz: "hypotheekcondities." O slogan do banco é ele mesmo um achado: "Het begint met ambitie." Alguém pode dizer que a repetição do "t" já denuncia a proximidade geográfica com a Alemanha. Que nada. Lendo mais devagar e observando a semelhança com o inglês (um "card" na Holanda nada mais é que "kaart") fica fácil traduzir: "begint" só pode ser "começar". "Ambitie" é evidente. "Met", disseram-me em um restaurante, é algo como "encontrar", e "het" é "aqui" (ora, é o "here"). Aqui começa o encontro com a ambição, com leves alterações para garantir o sentido. Há poucos anos, eu pensava em viver de tradução.

4

Quando peguei as fotos, novamente perdi o fôlego: além de confirmar que se tratava de um guia de São Paulo (em português), descobri que ao lado da sacola havia também uma edição antiga — obviamente também em português — das *Memórias do cárcere* do Graciliano Ramos. Evidentemente, ou o mendigo era brasileiro, ou tinha grande interesse pelo meu país. Decidido a encontrá-lo, saí do aeroporto mais uma vez e, mesmo debaixo de uma garoa forte (um guia de São Paulo) circulei por toda a região externa. Não vi nem sinal dele. De volta, no balcão de informações perguntei se os mendigos de Amsterdã eram enviados para algum lugar específico. O rapaz sorriu e, divertindo-se, disse que, se eu tivesse algum problema, deveria procurar a polícia que imediatamente seria encaminhado às autoridades do meu país. No voo para Lisboa, tive a ideia de escrever para a defesa civil de Amsterdã. Não foi difícil achar o e-mail no site oficial da cidade.

5

Gentilmente, responderam-me em inglês que o único mendigo brasileiro de que tinham notícia circulara pela cidade na década de setenta. Suspeita-se de que ele tenha caído em um canal ao ser agredido por outro mendigo. Disseram-me ainda que ele afirmava ser um refugiado político que teria sido torturado no Brasil. Para completar a ficha no arquivo, pediam-me para confirmar se de fato o Brasil teria vivido uma ditadura na década de setenta ou se aquilo era fruto de uma mente perturbada. Respondi perguntando-lhes se realmente não tinham notícia de outro brasileiro e se sabiam de algum mendigo que por acaso estivesse estudando português ou se interessasse pelo Brasil. De novo, a resposta não demorou muito: afirmaram que todos passam por uma triagem periódica e que não há informação sobre outro brasileiro e muito menos sobre alguém interessado na língua portuguesa. Agradeci e tomei o trem para Coimbra, de onde eu pretendia chegar ao túmulo do meu pai, o filho da puta.

6

No Brasil já virou um costume elegante comentar a dificuldade de certas línguas. Do Leste europeu, por exemplo, os idiomas seriam todos muito complicados e o acesso a eles estaria restrito apenas aos nativos ou àqueles que dedicassem anos a fio a um esforço insano para aprendê-

-los. Saber algum, inclusive, é sinal de grande inteligência. No entanto, achei o polonês bastante parecido com as outras línguas que tenho encontrado por aí. A tradicional "polícia" não passa do banal "polizya". "Sábado" apresenta outra semelhança sem graça: "sobota." Se a sintaxe for uma simples combinação de regras, como sempre é, de fato acho que professar a dificuldade do aprendizado de uma língua, qualquer que seja ela, é uma bobagem. Aliás, quem chega a compreender a variante Najdorf da Defesa Siciliana até o décimo quinto lance não pode ter dificuldade com língua nenhuma. O jogo de xadrez é terminantemente mais complicado.

7

Em Coimbra, percebi logo que não adiantaria muito perguntar com clareza a localização do túmulo do meu pai, o filho-da-puta. Fiz isso três vezes e, nas duas primeiras, não recebi nada além de um silêncio constrangedor como resposta. Uma terceira pessoa, porém, um sujeito com toda a cara de estudante universitário, começou a rir e falou um sonoro "que bobagem". Minha mãe tinha razão, dificilmente alguém me ajudaria. Antes de embarcar, ela ainda pediu uma última vez para que eu esquecesse a ideia e fosse visitar Paris ou, sei lá, Madri, talvez até mesmo o museu de cera de Londres. Respondi que precisava ver o túmulo do meu pai, o filho-da-puta, para perder a vergonha de sempre ter evitado falar nele. Nem sequer uso meu nome inteiro. Hoje em dia, já não me faz muita diferença, mas eu ainda gostaria de ter um último contato com ele. Quem sabe, alguma resposta.

8

Mudei a estratégia e, antes de tudo, apresentei-me como um jornalista brasileiro interessado na história recente de Portugal. Os dois estudantes acharam bacana e disseram que meu pai, o filho-da-puta, estava enterrado em algum povoado próximo a Santa Comba Dão, onde eu poderia chegar de ônibus ou de trem. Agradeci, tomei o caminho da rodoviária, mas, antes de comprar a passagem, resolvi enviar outro e-mail para os holandeses, perguntando por quais motivos uma pessoa pode se tornar um mendigo em Amsterdã. Estranhei não ter recebido nenhuma mensagem da minha mãe e aproveitei para escrever para ela, explicando outra vez que a visita ao túmulo do meu pai, o filho-da-puta, nada mais era que um acerto de contas. Não, eu não desejava levar flores ou acender uma vela. Como ela sabia muito bem, nunca tive grandes sentimentos pelo filho da puta, o meu pai. Minha vontade era apenas estar ali por alguns instantes para sentir que, apesar de ter sido ele, como todo mundo eu também tive um pai.

9

Minha facilidade com as línguas fica evidente com o português. Mais que o espanhol, entendo-o bastante bem. As semelhanças, claro, continuam me ajudando muito: "polícia", por exemplo, é "polícia", com o acento no mesmo lugar, inclusive. Andando pelas ruas de São Paulo, certa vez, achei um interessante slogan em um cartaz de uma cadeia de fast-food: "Amo muito tudo isso." "Amo" parece ser uma conjugação do verbo "amar". O "muito", de novo, traduzo por semelhança: parece bem perto do inglês "much". "Muito" deve ser, portanto, "muito". Para o "tudo", precisei de ajuda. Um rapaz, bastante prestativo por sinal, explicou-me que significa algo perto de "totalidade". Uma frase forte, portanto. O "isso", eu de novo traduzo por semelhança: parece-se bastante com o "ich" do alemão; aposto no "eu" para traduzi-lo. Não tenho dúvidas para a versão em português do slogan: "Eu amo muito tudo."

10

Voltei ao computador para ver se minha mãe tinha me mandado alguma mensagem, mas não encontrei nada. Acho que ela realmente ficou com raiva. Aproveitei para ler o e-mail de Amsterdã. Como de costume, tinham me respondido quase imediatamente: disseram-me que alguém pode se tornar um mendigo na Holanda por vários motivos, nenhum deles exatamente muito especial. Em Amsterdã normalmente um mendigo é um cidadão que acabou perdendo os laços familiares ou que, por alguma razão (quem sabe a mesma), enlouqueceu. Um pouco mais sério, o e-mail explicava que o governo garantia toda seguridade social e que as pessoas que viviam na rua tinham a opção de ir para uma moradia estatal. No final, perguntavam-me o motivo de tanta curiosidade. Resolvi ser sincero e expliquei-lhes que sou um escritor brasileiro (que às vezes se arrisca a fazer traduções também) atrás de pistas sobre um mendigo que possivelmente sabia português e que estava interessado na maior cidade do meu país.

11

De Coimbra, não foi muito difícil chegar a Santa Comba Dão. Tomei um ônibus para o Viseu e desci na rodoviária da cidade. Resolvi me instalar em um pequeno hotel antes de buscar outras informações e, depois, procurei um telefone para falar com a minha mãe. Ela não estava em casa. Antes de viajar, eu devia ter conversado claramente com ela sobre a nossa vergonha. Claramente. Por duas ou três vezes, garantiu-me que nunca tinha tido com meu pai nada além de uma aventura de faculdade. Os dois saíram juntos enquanto ela fazia um curso de verão. O filhodaputa era um excelente aluno e para ela a conversa talvez fosse atraente. Minha mãe ainda escreveu contando de mim, acho que duas vezes, logo depois do meu nascimento. Mas ele nunca respondeu. Depois, claro, ela não fez mais questão e acabou desaparecendo de vez. Alguns dias antes da minha viagem, ela me disse que tinha certeza de que o filhodaputa sabia de mim. Perguntei o porquê, mas mamãe não me respondeu.

12

Uma vez criticaram meu conhecimento de línguas, dizendo que ele é artificial e, no limite, fantasioso. Um dos argumentos (que aliás já usaram contra mim mais de uma vez...) foram os tais falsos cognatos. Não acredito que eles existam. A propósito, até hoje sempre acabei acertando as traduções usando semelhança e, principalmente, bom senso. Nunca achei que o aprendizado de uma língua ultrapassasse simples lições de lógica. O termo "polícia", um dos que mais me interessa, sempre confirma minha hipótese. Em qualquer trem do Leste europeu, por exemplo, por razões políticas, as legendas e as instruções estão escritas na língua do país e em russo. Apenas os vagões construídos depois da Perestroika têm algumas frases em inglês. Curiosamente, antes ou depois da queda do comunismo, o francês aparecia em todos os banheiros. Mas não aconselho o uso deles quando o trem está em movimento.

13

Não sei se em uma situação como essa alguém espera sinceramente que eu seja imparcial. Cresci com minha mãe me ensinando a detestar meu pai, o filhodaputa. Depois, sozinho mesmo, percebi que podia deixar o ódio para os outros. Desde a adolescência, sinto por ele certa indiferença curiosa. Eu deveria ter nojo do meu próprio pai? Vergonha eu tive. Acho que desejo tanto encontrar o túmulo dele para ficar, de uma vez por todas, indiferente. Para perder a curiosidade. À noite, o próprio porteiro do hotel me explicou o caminho: bastava eu ir ao povoado de Vimieiro, ali ao lado, e perguntar a qualquer um pelo túmulo. O povo do lugar teria orgulho em me explicar. No entanto, o transporte até a pequenina aldeia era complicado e resolvi que o mais fácil seria tomar um táxi. Tentei outra vez falar com a minha mãe no Brasil, mas ela não atendeu ao telefone. Antes que eu me esqueça, as pessoas me criticam justamente pelo termo "parents". Como traduzi-lo por semelhança? Acho esse argumento muito simplório: já repeti que adoto também o bom senso.

14

No Brasil, nem minha tia nem meu avô estão atendendo ao telefone. Tentei a noite toda e não consegui contato com ninguém. Quando a gente menos espera, até os mais sensatos podem ter algum ataque de imaturidade. Pensei que deixara tudo resolvido antes do embarque. Compreendi que não seria nada interessante para a família, aliás, principalmente para mim e para minha mãe, que eu divulgasse os reais motivos da minha visita à Europa. Garanti-lhes que escreveria uma novela neutra sobre alguma cidade do Velho Mundo (e é o que vou fazer) e que o segredo continuaria guardado. Mesmo quando eu era um moleque capaz de aprontar qualquer coisa, não contei para ninguém. Por que faria isso agora? Por outro lado, os holandeses continuam rápidos na comunicação. Disseram-me que posso procurar em Amsterdã (que, ao contrário de Paris, não tem metrô) que com certeza não acharei um mendigo como o que descrevo. Todos estão cadastrados. Mas, na sincera opinião deles, posso encontrar mil coisas mais interessantes sobre a cidade para escrever.

15

Depois de visitar o túmulo do meu pai, o filhodaputa, aproveitei que estava no norte de Portugal e resolvi atravessar a fronteira e passear pela Galícia. Até para poder falar para a minha família que realmente viajei para fazer turismo, fui conhecer Santiago de Compostela. Logo na entrada da cidade pude outra vez testar meu conhecimento de línguas. Pintada de maneira tosca em um muro atrás de um estacionamento, achei uma curiosa frase: "Turista: Galícia nom é Espanha." Claro, para um brasileiro, o galego não costuma ser muito difícil, mas às vezes as palavras enganam um pouco. A sintaxe, por sua vez, é banal para nós. Não tive exatamente muita dificuldade para traduzir a frase. A propósito, acho conveniente esclarecer que me interesso muito por geopolítica. E, obviamente, é ponto pacífico entre os linguistas que toda língua não passa de um ato político. O policial na fronteira da República da Eslováquia (capital Bratislava) sabe muito bem disso.

16

Em Santa Comba Dão, eu disse para o motorista de táxi que era um jornalista brasileiro e estava interessado em visitar o túmulo do Filhodaputa. Ele se alegrou com a corrida e, pelo mesmo preço, propôs me mostrar todas as atrações do Vimieiro, o lugar onde meu pai, o Filhodaputa, está enterrado. Para não despertar suspeitas, aceitei. A parada mais interessante, sem dúvida, foi em frente à choupana de certa Maria de Fátima, falecida há uns dez anos. Era quase um barraco, simples e sem energia elétrica, com um poço abandonado atrás e, a uns quinze metros de distância, um pequeno caixote que servia de latrina à mulher. Maria de Fátima passou toda a vida em condições quase miseráveis, vivendo de uma horta e do pequeno comércio das verduras que cultivava. Quando morreu, a pessoa que foi vestir seu corpo para o enterro achou algumas dezenas de milhares de notas (que ainda valiam) dentro do colchão da velha. Para concluir, o taxista afirmou que, de um jeito ou de outro, o Filhodaputa se comportava um pouco dessa forma.

17

Pedi ao taxista que me deixasse entrar sozinho no cemitério, para poder me concentrar nas fotos, expliquei. Antes de descer do carro, vi logo que o lugar era muito pequeno. Eu não teria dificuldade para achar o túmulo do Filhodaputa. Procurei nas lápides maiores e depois nas mais enfeitadas. Para minha surpresa, meu pai, que era um Filhodaputa, estava enterrado em um dos cantos, em uma das covas mais simples. Alguém tinha lhe deixado recentemente uma flor e quatro velas. Havia ainda algumas folhas de jornal muito amareladas, mas não me dei ao trabalho de lê-las. Abaixo do nome dele, alguém gravou uma mensagem que me chamou a atenção, dizendo que o Filhodaputa tinha sido um homem honesto. Fiquei alguns instantes calado observando aquilo. No início, pensei que tudo não passasse de uma espécie de espetáculo preparado para construir certa imagem para a memória dele. Depois, percebi que se tratava de um negócio ridículo mesmo.

18

No Brasil, outro mito com relação às línguas é a famosa dificuldade do alemão. Aprender alemão (uma língua que tem declinação, meu Deus!) é quase tão difícil quanto conseguir se virar com as línguas do Leste europeu. As pessoas se encantam e ao mesmo tempo se desesperam com aquela história de três-palavras-juntas-formam-uma-nova. Como se isso fosse exclusividade do alemão... Apesar do som horroroso — nenhuma língua consegue ter o acento tão bonito quanto o espanhol das crianças de

Barcelona —, achei o alemão tão simples como o polonês. Comprei um guia de turismo de Berlim (em alemão) e não tive muita dificuldade para desvendar as palavras. Consegui, inclusive, entender algumas frases. A proximidade com o inglês, evidentemente, ajuda muito. Ninguém vai me convencer que "thank you" e "danke" são duas coisas diferentes. Só não entendi por que nenhum alemão fala inglês. Turista: Galícia nom é Espanha. Deve ser por isso.

19

Deixei dois recados na secretária eletrônica da minha mãe avisando-a da decisão de cancelar a estada em Paris e ir direto para a Holanda. Até agora, não consegui falar com ela e nem com mais ninguém da minha família. Acho que eles só vão me compreender quando eu mostrar a foto do túmulo do Filhodaputa. Eu precisava saber que não sobrou nada para ele. Quando fui escrever isso para minha mãe, encontrei outro e-mail da defesa civil de Amsterdã. Muito bem-humorado, perguntou-me se acaso o mendigo que estava lendo um clássico da literatura brasileira (em português) não seria apenas criação de escritor. Respondi, infelizmente sem o mesmo humor, que tinha a fotografia e que podia enviá-la por e-mail. Gentilmente, meu interlocutor disse que não era necessário e me informou que todas as sextas, na margem direita do canal Tegel, há uma feira de livros usados. Talvez eu pudesse começar ali minha procura pelo mendigo.

20

De volta a Amsterdã, esperei ansioso pela sexta-feira enquanto mandava ampliar a foto do mendigo. Com ela nas mãos, fui de banca em banca na feira de livros usados perguntando se alguém o conhecia ou se lembrava de ele ter passado para a frente algum livro em português. Apenas um senhor me levou a sério, dizendo que a pessoa da foto se parecia muito com seu filho, falecido há uns dez anos. Completamente vencido, comprei uma edição (em holandês) das *Novelas e textos para nada* do Beckett e voltei para o hotel. Minha intenção era passar o resto da noite estudando holandês a partir do livro. No entanto, quando fui ao computador escrever para a defesa civil de Amsterdã para dizer que estava desistindo da minha busca, finalmente vi que minha mãe me respondera. Aparentemente tranquila, ela queria saber se eu tinha conseguido achar alguma coisa.

Capuz

1

Não sei há quanto tempo colocaram esse capuz na minha cabeça. Felizmente, já me acostumei. No início, o cordão me incomodava muito. Tenho certeza de que, até hoje, meu pescoço está marcado. O nó, bem preso na parte de trás da nuca, causava-me uma coceira tão forte que, muitas vezes, eu me esfregava na parede para aliviar-me um pouco. À noite, a falta de ar não me deixava dormir. Minha garganta demorou para se acostumar com o cordão do capuz. Com o tempo, fui me adaptando e agora nem sequer o sinto no meu pescoço. No começo, também, eu vivia com os olhos fechados. Aliás, apertava tanto as pálpebras que minha testa deve ter ficado marcada por causa disso. Se algum dia eu puder olhar no espelho novamente, não vou deixar de conferir. Quando me deitava, sentia muita dificuldade para descansar os olhos. Meu medo era justamente relaxá-los demais e acabar, distraído, abrindo-os. Eu não queria acordar e abrir os olhos, como fazia todos os dias. Então, antes de adormecer, tentava repetir baixinho que estava encapuzado. Não posso me esquecer do capuz. Não posso me esquecer do capuz. Não posso me esquecer do capuz. O artifício, apesar de incômodo, dava certo: eu não abria os olhos depois de acordar. Esperava um pouco deitado, procurando ordenar o pensamento, tentando entender a minha situação e repassando na memória tudo o que tinha acontecido. Então, seguro de que meus olhos estavam fechados, levantava-me para fazer um pouco de exercício. Depois de alguns dias, cansei e, abruptamente, abri os olhos. Percebi, na mesma hora, que devia tê-los aberto lentamente: senti tanta tontura que precisei me apoiar na parede. Quando melhorei, tentei de novo. A princípio, fiquei um tanto confuso, procurando mentalmente perceber se meus olhos estavam mesmo abertos. Depois, bobo, acabei rindo: o capuz é que não me deixava enxergar nada. Procurei me concentrar para ver se avistava, entre os poros do tecido, uma pálida luz que fosse, mas o pano negro não deixava passar nada. De vez em quando, eu me surpreendia tentando descobrir se meus olhos estavam mesmo abertos. Agora, já estou acostumado com isso. O importante é ter certeza de que, enquanto estiver dormindo, eles estejam fechados, disso ainda faço questão.

2

Depois de algum tempo, não consegui mais distinguir o dia da noite. Quando me jogaram aqui, lembro-me bem, era quase hora do almoço. Como eu tinha tomado um café da manhã muito pobre, estava fraco e, portanto, não devo ter oferecido a menor resistência. Ouvi o barulho de duas ou três portas se fechando, alguns passos e outros ruídos que não consegui identificar. Passei o resto do dia com o cordão do capuz me incomodando. Quando, finalmente, consegui me acalmar e respirar mais tranquilo, estimei que a noite já tinha caído, pois eu passara horas tentando afrouxar o nó do capuz. Achei melhor não me mover e, para descansar e recobrar o ânimo, decidi que devia dormir. Tentei fechar os olhos mas, novamente, fiquei confuso. Aos poucos, percebi que os fechara no mesmo instante em que tinham colocado o capuz na minha cabeça. Rezei, portanto, para não abri--los na manhã seguinte. Como não sabia quanto tempo me deixariam com o capuz, percebi que algumas atitudes seriam importantes para que eu me mantivesse lúcido. A principal delas, julguei, era justamente a consciência do tempo: achei que seria muito importante dormir à noite e permanecer acordado durante o dia. Finalmente, consegui afastar o temor de abrir os olhos quando acordasse e, ali mesmo onde tinham me largado, adormeci. Despertei com o barulho de algo sendo colocado perto de mim. A primeira coisa que fiz foi ter certeza de que meus olhos estavam fechados. Eu não queria, de forma nenhuma, abri-los por trás do capuz. Fiquei muito tempo sem me mover, receoso do que o meu corpo pudesse encontrar. Depois, resolvi mexer um pouco os dedos. Pressionei-os contra o chão, tateando o espaço ao redor de onde estava. Como não senti nada estranho, movi um pouco as pernas. Seria reconfortante encontrar uma parede ou algo parecido. Eu temia que, próximo de onde tinham me largado, houvesse uma vala ou uma coisa assim. Quando tentasse me mover, cairia no buraco. Com essa ideia me perturbando, passei horas imóvel. Mais tarde, concluí que, se primeiro explorasse com as mãos as redondezas, poderia deslocar um pouco o corpo sem correr o risco de cair. Distraído, gastei um bom tempo fazendo isso até que meus dedos tatearam uma forma inesperada. Finalmente, eu sentia algo diferente no chão. Assustado, achei melhor não encostar mais naquilo. Outra vez, depois de muito tempo, criei coragem e, com os dedos, notei que se tratava de um prato de comida. Engoli, através da única fenda no grosso tecido do capuz, tudo que tinham me deixado e senti uma grande alegria ao notar que, além da comida, haviam me trazido também um copo de água. Como perdera muito tempo me arrastando, julguei que o dia tinha passado e, se quisesse manter algum tipo de rotina, deveria adormecer logo. Assim que me convenci de que estava atento o suficiente para não abrir os olhos quando acordasse, mergulhei em um sono muito pesado.

3

Como acordei com muita fome, concluí que dormira bastante pois, eu me lembrava bem, a última refeição me deixara satisfeito. Antes de tudo, ainda imóvel, procurei ordenar o pensamento. Desde que tinham me colocado o capuz, estava certo de que só não enlouqueceria se mantivesse uma constante e disciplinada concentração. Primeiro, conferi se meus olhos estavam realmente fechados. Como ainda tinha muito medo de me mover, não podia tocar as pálpebras com os dedos. Então, forçava-as lentamente, tentando descobrir se estavam unidas. Mais tranquilo, procurei me lembrar do dia anterior: eu o havia passado quase inteiro me arrastando pela cela. Como temia que, em algum canto, algo me surpreendesse, tateei o chão com muito cuidado. Encontrei, então, o prato de comida. Consegui ter as coisas bem claras na cabeça: alimentei-me e, depois, dormi. Quando notei que ainda era capaz de ordenar os pensamentos, aliviei-me e procurei mover um pouco as pernas. Senti os músculos se fortalecendo e, animado, pressionei os calcanhares no chão. Aos poucos, tomei coragem e forcei todo o corpo contra a superfície de cimento. Além disso, abri as mãos, procurando separar bem os dedos. Sem dúvida, eu ainda podia me mover. A fome deixava-me um pouco tonto. Eu não me lembrava de ter ouvido, como no dia anterior, a comida sendo entregue. Como dormira demais, talvez não tivesse notado quando trouxeram o prato. Lentamente, tateei o chão ao meu redor, mas não senti nada. A princípio, pensei em me levantar e procurar pela comida. Logo, voltou-me o medo de que algo me acontecesse no escuro. Percebi que, de qualquer maneira, deveria saber onde estava. A melhor forma seria, lentamente, examinar todo o lugar. Caso uma vala me surpreendesse, se eu fosse devagar, poderia me arrastar para a direção contrária. Afastei a hipótese de que algum animal feroz ou peçonhento estivesse por ali, pois, certamente, ele não teria esperado tanto tempo para me atacar. O único barulho que lembrava ter ouvido era o do prato sendo entregue. Estava sozinho ali. Com o braço e a perna direita, concluí que podia virar o corpo mais uma vez. Deitado de bruços, decidi repetir o movimento até que encontrasse uma parede ou algo parecido. Estava tão entretido com a exploração que, além de deixar de lado a fome, nem sequer percebi que, talvez, o lugar onde tinham me jogado não tivesse parede alguma.

4

Eu estava com medo, claro. Sentia medo de, por causa de um movimento infeliz, cair em algum buraco. Temia, também, acabar rolando por cima de alguma coisa que pudesse me ferir. Se me machucasse, dificilmente alguém atenderia a um pedido de socorro. Na melhor das hipóteses, só a pessoa que trazia a comida me auxiliaria. Assim mesmo, apenas se ouvisse meu chamado e, ainda mais, estivesse disposta a me ajudar. Apesar do medo, percebi que não conseguiria continuar em paz se não soubesse como era o lugar onde tinham me jogado. Não lembro se meus olhos estavam abertos. Procurando deixar um dos braços como apoio no chão, forcei lentamente o corpo, tomando muito cuidado para me certificar de que, de fato, não havia qualquer vala perto de mim e, outra vez, deitei-me ao lado de onde estava antes. É verdade que, no outro dia, explorara com os dedos as redondezas de onde estava caído. Foi quando encontrei o prato de comida. Estava decidido agora a percorrer todo o espaço à minha volta. Como não sabia quanto tempo me deixariam nesse maldito lugar, precisava conhecê-lo. Depois de duas ou três voltas, percebi que rolar no chão talvez não fosse o melhor método. Se, abruptamente, o solo se tornasse escorregadio ou curvo, eu poderia perder o controle e desabar em uma ribanceira. Estava sentindo muito medo de cair. Resolvi tatear com as mãos e os braços o terreno à minha volta para ter certeza de que poderia arrastar o corpo com segurança. Procurei elevar um pouco as costas, e me movi alguns centímetros. Dessa forma o trabalho foi um pouco mais rápido. De repente, meus dedos se chocaram com uma estrutura um pouco mais fria que o chão. Assustei-me bastante e demorei para criar coragem de me mover novamente. Mais tarde achei que aquilo poderia ser um muro. Do outro lado, talvez encontrasse alguém na mesma situação que eu. Com a palma da mão, tateei a estrutura. Como não encontrei o alto, arrastei meu corpo até me encostar todo nela. O comprimento era maior que a minha altura. Com muito cuidado, ergui-me com as costas roçando a estrutura. Uma parede, certamente. Quando meu coração se acalmou um pouco, ergui os dois braços e, na ponta dos dedos, senti outra estrutura de cimento: o teto. Imediatamente pensei que talvez estivesse dentro de um prédio. Se ao meu redor encontrasse um pedaço de madeira, poderia bater na parede para ver se alguém me ouvia e, melhor ainda, comunicava-se comigo. Estendi o braço para um dos lados e, por meio de passos muito curtos, consegui chegar até um dos cantos do lugar e sentir, com certo alívio, a outra parede.

5

Devo ter levado horas para percorrer as quatro paredes do lugar. Arrastei-me lentamente com as costas roçando o cimento. Na última parede, assustei-me quando, de repente, minhas costas se chocaram com uma leve reentrância. Meu coração disparou e, por alguns instantes, achei que não conseguiria me equilibrar e finalmente cairia em uma armadilha que, eu tinha certeza, alguém preparara para me surpreender. Depois, notei que minhas mãos tateavam um material diferente do cimento que sentira até ali: ferro. Mais calmo, percebi que se tratava de uma porta. Passei a palma das mãos por toda a extensão, não só para ter certeza de que não havia nada errado, mas também porque me aliviava afagar outra coisa além do cimento. Agachei-me e notei que havia um espaço entre a porta e o chão. Era por ele que me entregavam o prato de comida e o copo de água. Senti muita vontade de atravessar minhas mãos por baixo da porta e tentar descobrir se, do lado de fora, sentiria algo diferente. Desisti logo, pois achei que pudessem machucar meus dedos. Cortá--los, até. Depois de explorar as quatro paredes, deitei-me com a planta dos pés encostada em uma delas e arrastei--me por toda a extensão do lugar. Quando atravessei o comprimento inteiro, virei-me e notei que, esticando-as um pouco, minhas pernas encostavam na parede oposta. A largura do lugar onde tinham me jogado media duas vezes o meu tamanho. Curioso, estimei o comprimento abrindo os braços: acho que somei uns três metros aproximadamente, não lembro bem. Um lugar pequeno. Além do esforço que despendi na exploração, a tensão me cansara bastante. Deitei-me encostado em uma das paredes, mas não consegui adormecer tão rápido quanto das outras vezes. Estava chateado por ter descoberto que não havia mais ninguém comigo. Além da porta de ferro e da comida, nada mais me ligava ao mundo. Não havia sequer uma janela. A lembrança da luz deu-me uma ideia: quem sabe, se forçasse os olhos para baixo, a fenda do capuz próxima à boca me permitisse enxergar alguma coisa. Meus pés, talvez. Olhei para o chão e tentei deixar as pálpebras bem abertas. Mesmo assim, não consegui enxergar nada. O capuz estava tão rente à minha pele que luz nenhuma passava pelo pequeno orifício do tecido. A tentativa acabou me causando dor de cabeça, principalmente porque precisei concentrar-me para ter certeza de que meus olhos, depois, tinham se fechado. Para mim, era importante dormir com os olhos fechados e passar o dia com eles abertos. Ainda mais, pensei, se quisesse continuar lúcido, deveria estabelecer hábitos rígidos e constantes. O principal seria despertar com o prato de comida e a água sendo entregues. Rezando para conseguir, finalmente caí no sono.

6

No meio da noite, acordei incomodado pela dor nos ossos e tentei encontrar uma posição melhor para dormir. Pensei que poderia ocupar o dia seguinte estudando a forma ideal de me deitar no cimento. Sem dúvida, além de manter o hábito de algumas atividades, para não enlouquecer, eu deveria dormir bem. Como minhas calças eram grossas, a umidade do chão incomodava apenas a minha coluna vertebral. Resolvi dobrar meu agasalho e deitar-me sobre ele. O frio, certamente, me incomodaria menos que a umidade. Não consegui acordar com a comida sendo entregue. Quando abri os olhos — mesmo sem enxergar nada, eu fazia questão de passar o dia com os olhos abertos —, tentei me espreguiçar e meu braço direito quase virou o copo de água que estava ao lado da comida. Isso realmente não devia mais acontecer, eu precisava dar um jeito de acordar no momento em que me entregavam a comida. Como não podia enxergar o meu relógio, tinha estabelecido a fome como a medida de tempo mais conveniente: quando ela já me incomodava bastante, começava a me preparar para dormir, pois o sol estava se pondo. Amanheceria junto com o prato. Não posso ficar louco, repeti, não posso ficar louco: para isso, preciso respeitar a rotina. Depois de comer, resolvi pedir a Deus que me fizesse companhia. Sem ninguém para conversar, Senhor, tenho medo de ficar louco. Tenho medo de não saber mais, Senhor, se meus olhos estão abertos ou fechados, Senhor. O Senhor, Senhor, precisa me deixar calmo para que eu possa ter certeza, Senhor, de que estou dormindo com os olhos fechados. O Senhor também, Senhor, tem que me ajudar a levantar todo dia na hora certa, Senhor. O Senhor, Senhor, não pode deixar que eu fique louco, Senhor. Em nome do pai, Senhor, do Filho e do Espírito Santo, Senhor, amém. Assim que terminei a oração e repeti três vezes o sinal da cruz, aliviei-me bastante. Se rezasse todos os dias depois de comer e antes de dormir, teria mais uma atividade para passar o tempo. Deixei o prato de comida e o copo, ambos vazios, perto da porta e, tateando pela parede, estabeleci meus quatro pontos cardeais: com as costas voltadas para a porta, meu lado direito seria o norte e o esquerdo, o leste. Do mesmo jeito, encostado na parede ao lado, determinei a esquerda como o oeste e a direita, o sul. Para sobreviver, cheguei à conclusão de que devia tratar esse lugar como se fosse a minha própria casa. Ou, talvez, um quarto de hotel. Eu almoçaria ao norte, teria meu lugar de rezar ao sul e, para estar perto da porta quando a comida chegasse, dormiria a leste. No centro, poderia fazer alguns exercícios. Tentei, aliás, alongar-me um pouco, mas, como tinha acabado de comer, o esforço não me fez bem e tive de me preocupar com um problema que não me ocorrera até então: senti vontade de ir ao banheiro. Como me restava apenas o oeste, separei-o para as minhas necessidades.

7

Tentei contar as refeições, para saber há quanto tempo estou aqui: para cada prato, um dia a mais. No entanto, acabei me descuidando. Às vezes, tenho a impressão de que me colocaram esse capuz ontem mesmo. Hoje, acordei com a sensação de que já não enxergo nada há meses. Não perdi a capacidade de contar, como talvez fosse natural na minha situação. Muitas vezes, depois de comer, deito-me e passo o tempo tamborilando os dedos no chão. Primeiro, enumero os dias do mês; depois, dedilho os meses do ano. Faço listas intermináveis de nomes de santos, livros desagradáveis e cantigas infantis. Diverti-me, outro dia, contando o número de palavrões que conseguia lembrar. Enquanto estou acordado, tento sempre fazer alguma coisa, pois não quero enlouquecer aqui. Aliás, contei também o nome de todos os loucos que conheci. Tenho certeza de que, se conseguir manter a cabeça tranquila, não vou enlouquecer. Foi bom, inclusive, descobrir que o capuz não me deixa surdo. Fiquei um bom tempo achando que, além de não enxergar nada, o pano também não permitia que o som chegasse aos meus ouvidos. Ora, eu podia ouvir perfeitamente o ruído do prato sendo deixado por baixo da porta. Não estava surdo, portanto. Quando percebi isso, deitei-me com um dos ouvidos bem próximo ao vão da porta e me concentrei para tentar escutar alguma coisa. Acabei, horas depois, muito nervoso: além de não perceber nenhum barulho, deixara de comer, o que atrapalhou todo o meu relógio. Se me alimentasse àquela hora, dormiria sem fome e, fatalmente, não despertaria com o barulho da comida. Por outro lado, precisava devolver o prato para receber outra refeição no dia seguinte. Pelas bordas amassadas, notara que sempre me traziam os mesmos talheres, um único copo e aquele prato. Por fim, acabei tendo uma boa ideia: eu podia deixar a comida perto do canto que estabelecera como banheiro. Assim, sentiria um cheiro diferente do que respirava todos os dias. Como ouvia o mesmo barulho, enxergava sempre aquele pano negro e não tinha outra atividade que não fosse pensar, um odor diferente parecia-me uma ótima novidade. Conforme apodrece, o alimento muda de cheiro. Foi muito bom descobrir, desta forma, que as coisas também se transformam aqui dentro. No entanto, não tinha a esperança de que algum rato aparecesse atraído pelo cheiro de comida podre. Nem mesmo as moscas sobrevoariam os restos. Estou realmente bem preso. Como não poderia ser diferente, não dormi muito naquela noite. Sentia fome e, a toda hora, esticava o braço para conferir se já tinham entregado a comida. Ouvir o prato, aliás, confortava-me também, pois aquele era o único momento em que eu não me sentia sozinho.

8

Um pouco depois de perceber que a comida já tinha apodrecido, fiquei meio confuso: talvez estivesse encapuzado por bem menos tempo do que, na realidade, acreditava. Percebi isso quando, para me distrair, resolvi apalpar todo o meu corpo. Sentei-me depois de rezar e comecei a massagear meus pés. Queria ter a sensação de que, apesar de não enxergá-lo, meu corpo ainda estava em ordem. Eu já conhecia todo o lugar e, apesar de passar boa parte do tempo deitado, dificilmente me perdia. Bastava prestar muita atenção ao lado em que minha cabeça dormira para que eu me orientasse perfeitamente. Para não enlouquecer, devia me concentrar e ficar tranquilo. Foi isso, inclusive, que pedi a Deus: que me ajudasse a sempre ter alguma coisa para fazer. Como tinha certeza de que minha cabeça estava em ordem, resolvi massagear o corpo. Foi bom me sentir inteiro. Procurei apalpar os pés, imaginando-os, e, depois, os tornozelos. Conforme esfregava as pernas, tentava construir meu corpo na cabeça. Procurei estimar minha altura e, quando alisava a barriga, meu peso. Fiquei bastante satisfeito ao recuperar na memória parte da minha aparência. No entanto, um pouco abaixo do capuz, acabei esfregando com força demais meu pescoço e minha unha feriu a pele. Como passava muito tempo arrastando os dedos no chão, minhas unhas se partiam com facilidade. Notei que a do dedo menor da mão direita parecia um pouco mais comprida que as outras. Com cuidado, deitei o braço sobre a barriga e apertei os dedos. De fato, talvez aquela unha tivesse se mantido intacta. Com os outros dedos, tentei estimar seu tamanho, mas me decepcionei: ela não devia passar de um ou dois centímetros. Talvez tivesse se quebrado como as outras. Procurei repetir o movimento que sempre fazia com os dedos no chão e notei que aquela unha quase não encostava no cimento. Resolvi, provavelmente para tentar pensar em outra coisa, rezar mais uma vez. Agora, pedi a Deus que me desse a bênção de sempre continuar sentindo meu corpo. Todos os dias, Senhor, perceber que estou vivo, com a cabeça no lugar e o corpo inteiro. Não posso ficar louco aqui dentro, Senhor, não posso esquecer que consigo andar e que sou capaz de enxergar qualquer coisa. Não sou cego, Senhor, tenho que sempre me lembrar de que não sou cego, Senhor. Quando terminei, repeti o sinal da cruz e alisei o capuz sobre o meu rosto. Por baixo do tecido, percebi que minha barba crescera um pouco. Se estivesse encapuzado há tanto tempo quanto imaginava, os fios deveriam estar bem maiores. Aliás, do mesmo jeito que as minhas unhas e o meu cabelo. Meu estômago contraiu-se e resolvi me sentar para pensar melhor. Tentei ordenar os pensamentos para ter certeza de que não tinha enlouquecido: colocaram um capuz na minha cabeça e me jogaram aqui. Fiquei muito tempo, ou melhor, algum tempo deitado até criar coragem para explorar esse lugar. Descobri, então, as quatro paredes e a porta. Dividi o espaço para poder organizar a minha rotina e me propus a dormir próximo à porta, por baixo de onde me deixam, uma vez por dia, um prato de comida e um copo de água.

9

A menos que me tragam mais de uma refeição por dia. Talvez eu não esteja sendo tão maltratado e receba não só o almoço, mas também o jantar. Se for assim mesmo, durmo demais e minha noção de tempo está completamente equivocada. Ora, e se, mais ainda, deixam-me também um desjejum? Então, estou com o capuz na cabeça há bem pouco tempo. Concluí que, provavelmente por causa da raiva, fora injusto com os homens que me jogaram aqui: não são tão ruins quanto pensei. Aliás, se me alimentam três vezes por dia, talvez sejam pessoas generosas. Precisava descobrir por que dormia tanto. Foi difícil aceitar, mas acabei concluindo que talvez eu fosse mesmo um covarde: dormia para não enfrentar a situação. Lembro que esse foi meu pior dia aqui dentro. Levantei-me irado, chutei as paredes, porra, o que estão fazendo comigo?, corri de um lado para outro e, por fim, comecei a chorar. Meu Deus, estou ficando louco? Eu estou ficando louco, Senhor, ou sou mesmo um fraco? Quando finalmente me acalmei, apalpei as paredes até encontrar a porta e procurei estabelecer, outra vez, a orientação. Nesse instante, ouvi o prato e o copo sendo arrastados por baixo da porta. Mesmo sentindo bastante fome, não me abaixei logo para pegá-los. Eu estava bastante envergonhado por ter pensado mal daqueles homens que, além de tudo, me alimentavam três vezes por dia. Sentei-me e procurei ordenar o pensamento: eu só devia dormir depois da terceira refeição. Assim, acordaria com o desjejum, almoçaria e dormiria após o jantar. Não sabia qual refeição era aquela. Outra vez, acabei perdendo a calma: e se eu pensar que este é o café da manhã e, na verdade, lá fora estiver escuro? Tentei me tranquilizar massageando outra vez meu corpo. Percebi que isso me fazia muito bem. Terminei coçando, por cima do capuz, o couro cabeludo. Sentindo-me inteiro, estabeleci que aquele seria o jantar. Lentamente, engoli a comida e fui rezar antes de dormir. Pedi a Deus o mesmo de sempre, que ele me deixasse tranquilo e me ajudasse a não enlouquecer. Além disso, pedi perdão por ter pensado tão mal daqueles homens. Por favor, Senhor, desculpe-me por não perceber que eles me alimentam três vezes por dia. Perdoe-me por ter sido tão fraco e injusto. Por fim, orei pedindo companhia. Aliás, estava disposto até a dividir minha comida, já que era farta, com alguém que conversasse comigo.

10

Acordei arrependido e, antes mesmo de tocar na comida, pedi que Deus não atendesse ao meu pedido: de maneira nenhuma desejo que outra pessoa venha para cá. Evidentemente, quero muito ter uma companhia, alguém para conversar. Quero saber se ainda sou capaz de falar direito. Mas, se for para me mandarem outro encapuzado, prefiro ficar aqui sozinho. Não quero passar o dia tentando convencer meu companheiro de que logo vão nos tirar o capuz e então teremos certeza de que, além de não estarmos cegos, também não enlouquecemos. Se tivesse azar e me trouxessem um fraco, um desses covardes que, todo dia, me cumprimentaria com um sorriso hipócrita, eu seria obrigado a passar o dia consolando-o e ensinando os truques que tinha desenvolvido para não perder o juízo. Se o desgraçado, ainda, não tivesse senso de direção, certamente mijaria em qualquer canto e este lugar ficaria emporcalhado. Além disso, como poderia saber que meu companheiro, na verdade, não fora mandado para cá apenas para me espionar? Talvez, quando eu estivesse dormindo, ou orando, ele me golpeasse. Se eu não morresse, certamente ficaria louco. Como teria certeza de que ele, também, estava cego por causa do capuz? Depois que eu apalpasse seu rosto para sentir o tecido, ele simplesmente poderia tirá-lo e, então, descobriria como estou fazendo para manter a razão. Facilmente, esconderia o prato, fazendo-me perder a conta das três refeições que tenho por dia. Também, não quero outra pessoa cagando por aqui. Faço uma força imensa para ir ao cantinho que me serve de banheiro apenas quando não consigo mais controlar os intestinos e, mesmo assim, o cheiro já começa a me incomodar bastante. Agora, não consigo mais distinguir a comida podre do resto e, portanto, perdi o prazer de sentir o tempo passando. Quando estou mais disposto, tento perceber se a sujeira atraiu alguma mosca ou outro inseto. No entanto, nunca encontro sinal de outro ser vivo aqui dentro. Eles são realmente competentes. Terminei a oração lembrando a Deus que, por pior que as coisas venham a ficar, se eu conseguir me manter lúcido, certamente minha vida não terá sido assim tão prejudicada por esse maldito capuz. Até aqui, ao menos, não demonstraram a menor vontade de me bater. Depois de repetir o padre-nosso e a ave-maria, fui ansioso tomar o café da manhã. Acabei derrubando o copo e toda a água escorreu pelo chão. Por causa do susto, gritei. Enquanto apalpava o chão atrás do copo, percebi novamente que, ao menos, a minha voz eu ouvia perfeitamente.

11

Devo ser honesto e admitir que, até hoje, não me trataram mal. Aliás, não foram violentos sequer para colocar o capuz. Em momento algum prenderam minhas mãos ou me seguraram. É verdade que, por outro lado, não ofereci a menor resistência. Mesmo assim poderiam ao menos ter me intimidado. Também não ameaçaram me bater e não me ofenderam. Nem mesmo ouvi a voz deles. A comida, ainda que sempre com o mesmo tempero e, às vezes, um pouco crua, é suficiente para me alimentar. Talvez pudessem me deixar ir ao banheiro, assim esse lugar ficaria um pouco mais limpo, mas não quero exigir demais. Não posso me esquecer de que, até agora, não me cobraram a comida. Se conversassem comigo, eu gostaria muito de saber há quanto tempo estou aqui. Minhas unhas e meu cabelo cresceram, mas não me satisfazem como medida de tempo. Temo que já estejamos na época do Natal. Se, em alguns dias, aparecer no prato algo diferente, saberei, enfim, uma data segura. Preciso ficar atento a isso, pois não quero deixar de fazer um pedido especial no dia de Natal. Por falar nisso, tenho rezado bastante. Não peço muita coisa: apenas preciso treinar as palavras. Ando confuso e assustado com a possibilidade de perder a capacidade de comunicação. O que mais me aflige é não saber meu estado atual. Sei que preciso ser forte, mas às vezes vacilo. Ontem, passei muito tempo procurando pensar em algo e, depois, repetir a palavra correspondente à imagem. Várias vezes demorei muito para chegar ao vocábulo correto. Seria muito bom se eu pudesse conversar com alguém. Falar qualquer coisa, meu nome, talvez, não posso esquecer meu nome, e mostrar que nesse lado fica o oratório e, naquele, o banheiro. Se eu fosse capaz de entender a resposta, ficaria mais tranquilo. De vez em quando, não consigo dormir e começo a pensar um monte de besteiras: cheguei até a adormecer acreditando que a porta estivesse aberta. Bastava empurrá-la para sair. Quando acordei, fiquei com muito medo de levantar e descobrir que, na verdade, nunca estive preso. Isso me deixaria com a certeza de que, realmente, eu enlouquecera e, pior, colocara nos outros a culpa. Depois de comer, deixei o prato no chão e, vagarosamente, empurrei a porta. Felizmente, ela não se mexeu. Obrigado, Senhor, estou preso de verdade, não fiquei louco. No mesmo dia, tentei segurar o braço que me deixa a comida. Estava desesperado para sentir a pele de outra pessoa. Não consegui, mas o ruído dos passos se afastando daqui me alentou um pouco. Hoje, resolvi rezar em voz alta, não apenas para ouvir alguma coisa, mas também para me certificar de que estou falando palavras com sentido: ainda consigo me comunicar. Não estou ficando louco, consigo me lembrar de tudo e conversar, você não acha? Acho, sim.

12

Ainda bem, pois eu estava com medo de nunca mais conseguir conversar. Faz tempo que o senhor está aqui? Não sei, que dia é hoje? Não tenho certeza, mas acho que estamos perto do final do ano. Quem o trouxe para cá? Não sei. Então você não se lembra do rosto deles? Olha, o senhor vai desculpar, mas me colocaram esse capuz logo que entrei no carro. Não bateram em você? Não, senhor. Nem falaram nada? Não. Desde que estou aqui, não ouvi deles uma palavra sequer. Também colocaram um capuz no senhor? Colocaram, não se preocupe, pois logo o cordão não vai mais incomodar. Apertaram bastante. É assim mesmo, não querem que a gente enxergue pela boca. É grande, aqui? Mais ou menos. O cheiro é insuportável. Já me acostumei. O que vão fazer com a gente? Não sei, acho melhor não pensar nisso. O senhor pensa em quê? Rezo, faço listas e contas e procuro me lembrar de tudo. Para quê? Não quero ficar louco. O senhor tem medo de ficar louco? Acho que estão querendo me enlouquecer. Que barulho é esse? Não se mexa para não derrubar a comida. Onde ela está? Fique parado, vou apanhá-la e divido com você. Eles trazem pouca comida? Ora, ora, deixaram dois pratos. Estou com fome. Não segure o prato, deixe-o no chão, assim você não corre o risco de derrubar a comida. Até que não é má. Não fique com raiva deles, se não fosse pelo banheiro, eu não teria do que reclamar. O senhor não tem medo de ficar aqui para sempre? Acho melhor você comer de boca fechada. Desculpe. Você acabou de chegar aqui, ainda não sabe de nada. E se nos envenenarem? Olhe aqui, garoto, se te mandaram aqui para me enlouquecer, saiba que você não vai conseguir. Por favor, senhor, me desculpe. Trouxeram dois copos de água, também. Como o senhor sabe o lugar de mijar? Fique com as costas na porta, o banheiro é na parede oposta, à direita. Não consigo andar. Calma, vou ajudá-lo. Onde o senhor está? Abra os braços, assim te encontro com mais facilidade. Obrigado. Fique aí, o outro canto é imundo. Obrigado. Depois de comer, deixe o prato no vão da porta. Claro. Você sabe rezar? Mais ou menos. Então, vai ter que aprender. Com certeza. Antes, apenas me diga se você consegue entender tudo o que estou falando. Consigo, sim, por quê? Nada, não. O capuz deixa o som passar muito bem. Não digo se você está me ouvindo, quero saber se não estou falando palavras sem sentido. Não, entendo tudo que o senhor fala. Ótimo, então vamos rezar. Quantas vezes o senhor reza? Cale a boca e repita. Sim, senhor. Agradeço, Senhor. Agradeço, Senhor. Pela companhia. Pela companhia. Peço que o Senhor. Peço que o Senhor. Nos deixe lúcidos e fortes. Nos deixe lúcidos e fortes. Quando sairmos daqui. Quando sairmos daqui. Prometemos agradecer. Prometemos agradecer. Todos os dias. Todos os dias. A vida. A vida. Que está apenas. Que está apenas. Nas Tuas mãos. Nas Tuas mãos. Amém. Amém.

13

Pela manhã, achei que apenas conversar com meu companheiro e ensinar-lhe como viver aqui dentro não era o bastante: eu precisava saber como ele é fisicamente, assim teria uma imagem ainda mais verdadeira. Sem ele, além da solidão, eu não tinha certeza de que ainda entendia as palavras e, portanto, era capaz de me comunicar. Quando finalmente nos libertarem, vou lhe mostrar um caminho qualquer e me livrar dele. Se ele for independente, melhor, não quero correr o risco de, na rua, ter de sustentar algum vagabundo. Além disso, devo ficar atento às suas intenções: talvez o tenham mandado apenas para me enlouquecer. É mais jovem que eu, um pouco mais alto e com mais peso. Preciso ser compreensivo, pois, apesar de sua notável inteligência, ele está um pouco assustado com a situação. No entanto, não lhe incomoda a possibilidade de enlouquecer por causa do capuz. Isso nem passa pela sua cabeça. Mais simples, preocupa-se com questões cotidianas, como a comida ou o cheiro do lugar onde nos colocaram. Fico feliz, pois desses pequenos detalhes posso cuidar sem maiores problemas. Gostei quando percebi que ele tinha o sono profundo e sem pesadelos. Assim, não me incomoda durante a noite. Desde que estou aqui, faço questão de dormir bem para não perder a lucidez e enfrentar os dias com mais calma. Nem sempre consigo. Meu amigo não é religioso e raramente costuma rezar. Conforme o tempo for passando, ele vai perceber que precisa fazer isso para o dia passar mais rápido. Como está assustado, não vai se recusar a repetir minhas orações. Tive sorte: o rapaz que apareceu por aqui é pacato o suficiente para não me incomodar. Não estou dizendo que ele seja tímido. Ao contrário, sempre que preciso, ele conversa comigo e me acompanha em longos exames do meu vocabulário. Há alguns dias, repassamos quase toda a cozinha. Ele me dizia o material, a forma e a utilidade e eu lhe respondia: panela. Felizmente, não errei uma palavra sequer. Costumamos, também, procurar descobrir, principalmente através do sabor, qual a comida que nos trouxeram. Nisso, contudo, não temos tanto sucesso, pois o tempero não costuma variar. Consegui, apesar de tudo, imaginar uma grande lista de nomes de pratos, alguns exóticos, inclusive. Na verdade, apesar de realmente não desejar que ninguém passe pela mesma situação que eu, a companhia tem me feito bem. Agora que ele está acordando, vou propor que, depois da oração, façamos uma lista das nossas famílias. Quero estar com os nomes na ponta da língua quando sair daqui.

14

Não sei mais o que fazer para convencer esse cara de que não há nada de errado com suas frases. Entendo perfeitamente o que ele diz e, se me canso às vezes, é por causa de suas repetições. Hoje acabei nervoso e gritei com ele. O velho, ao invés de ficar bravo, afinal de contas ele está aqui há muito mais tempo que eu, demonstrou satisfação ao ouvir meu berro dizendo que eu é que ficaria louco se ele não parasse de falar as mesmas coisas sempre. Na mesma hora, resolveu fazer mais uma de suas listas: dessa vez, enumeramos os nomes das cidades onde tínhamos morado antes de vir para cá. Novamente, ele se lembrou de todas. E contou-me detalhes de algumas de suas casas. Desde que nos conhecemos, aqui dentro, ele me pergunta se está preparado para sair e reencontrar a família. Claro que está, claro que está, não me canso de falar. Devo admitir que, se eu não encontrasse nesse maldito lugar alguém como ele, com um controle mental tão extraordinário, provavelmente já teria sucumbido. Passamos muito tempo conversando sobre o capuz: é incrível, o cara aparentemente está aqui há bastante tempo e ainda não se perturbou com a incapacidade de enxergar qualquer coisa. Seu senso de direção é tão aguçado que, no começo, achei que ele fosse cego. Depois de alguns dias, quando finalmente consegui convencê-lo de que não sou um espião, tomei coragem e perguntei se, antes do capuz, ele enxergava alguma coisa. Percebi que a pergunta deixou-o alegre. Na verdade ele gosta de tudo que ressalte sua habilidade em viver bem com o capuz. Respondeu-me que não, nunca fora cego. Além de tudo, é um cara inteligente: se eu fosse cego, para eles não seria vantagem nenhuma me encapuzar. Tanto a pergunta lhe agradou que ele, logo depois de me responder, passou-me mais algumas lições de sobrevivência. O importante — suas conclusões são sempre as mesmas — é que a nossa cabeça se mantenha no lugar. Com um amigo aqui dentro, é mais fácil sobreviver. Para mim, é bom que ele pense assim. Como cheguei depois, talvez ele pudesse se incomodar com a falta de espaço ou o desconforto que, nesse pequeno espaço, um corpo a mais causa. Pelo contrário, percebo que minha presença é importante: posso, o tempo todo, confirmar-lhe que sua cabeça ainda está funcionando muito bem; e, mais ainda, é um prazer revelar para o meu novo amigo que ele continua um homem muito inteligente.

15

Acho que posso confiar nesse rapaz que colocaram aqui comigo. Apesar de um pouco assustado e, às vezes, servil demais, ele tem sido uma boa companhia e, sobretudo, diariamente confirma que estou conseguindo conversar sem problemas. Como fiquei muito tempo sem falar, achei que talvez tivesse perdido a capacidade de me comunicar com os outros. Meu medo, agora percebo que completamente sem cabimento, era de, por justamente não conseguir vê-las, perder a noção do nome das coisas. Além disso, temia que, apenas imaginando contornos na mente, eu me esquecesse do que fosse uma rua, a praia ou qualquer outra coisa. Passamos muito tempo exercitando a linguagem: ou enumeramos longas listas, ou tentamos acertar a palavra a partir da descrição das formas de um objeto. Quando terminamos, sinto-me bem mais tranquilo, pois fico com a certeza de que o capuz não me afetou em nada. Não me venceram. Também tenho sido útil para o meu novo amigo: ele me ajuda exercitando a comunicação, e minha experiência com o capuz serve-lhe para aliviar, em parte ao menos, os incômodos de viver aqui dentro. Às vezes, sinto-me confuso, mas logo percebo que não devo permitir que pequenos detalhes interfiram na minha cabeça. Logo que ele apareceu, achei que, em poucos dias, o cheiro se tornaria insuportável. Até agora não notei nenhuma alteração. Talvez o intestino dele funcione lentamente, o que, aliás, é uma vantagem para nós dois. Outra coisa que me espanta é, às vezes, acordar e não encontrá-lo em parte alguma desse maldito lugar. Quando isso aconteceu pela primeira vez, fiquei irritado, pois achei que ele estava querendo pregar-me uma peça ou, ainda pior, golpear-me pelas costas. Ele ficou tão assustado com meus gritos que achei que tudo não passava de um mal-entendido. Afinal de contas, estamos ambos na mesma situação. Outro dia ele me perguntou se, talvez, eles pudessem querer nos bater. Respondi-lhe que não, pois se realmente pretendessem fazer isso, já teriam me surrado há muito tempo. Na verdade, falei isso apenas para não perturbá-lo ainda mais. Temo que, quando perceberem que não me enlouqueceram com o capuz, tentem fazer alguma coisa pior. Talvez seja uma boa ideia fingir que enlouqueci. Quando vierem aqui posso fazer papel de louco para confundi-los. Acho melhor combinar bem isso com meu amigo, pois se ele não fingir também, podem tentar tirar alguma coisa dele. Precisamos estar bem ensaiados, para não nos contradizermos e, principalmente, ter bem certo na cabeça que tudo não passa de uma representação. Quando nos soltarem, voltaremos ao normal.

16

Garanti para meu amigo que, de jeito nenhum, jogariam uma outra pessoa aqui dentro. Não consegui explicar-lhe por que tenho tanta certeza, mas acho que, depois de conversarmos por muito tempo, ele se convenceu de que realmente entendo como esse lugar funciona. É compreensível que, no começo, ele se sinta inseguro e confuso. Tenho insistido para ele dormir com os olhos fechados e deixá-los abertos durante o dia. Precisamos disso para nos sentirmos normais. Repetimos várias vezes que estamos bem, descrevemos um para o outro qual o melhor jeito de chegarmos em casa partindo da estação central e fazemos um pouco de exercício. Com sua companhia, sinto menos saudades de casa, pois, além de terem a mesma idade, sua voz se parece um pouco com a do meu filho. No entanto, tenho certeza de que não jogaram meu filho aqui comigo, até porque, agora mesmo, ele me contou que mora bem longe de onde fica minha casa. Além disso, revelou-me que tem dois irmãos. Não pode ser meu filho. Rezamos e ele se deitou um pouco. Não sei se devo chamá-lo quando trouxerem a comida. Tenho medo de que ele não esteja descansando bem. Aqui dentro, precisamos dormir a noite toda, pois isso nos deixa menos nervosos. Antes que ele se deitasse, expliquei-lhe meu plano: devíamos começar já a treinar o que pretendemos dizer quando nos chamarem. Se fizermos papel de desequilibrados, provavelmente vão perceber que é inútil nos manter aqui e, certamente, acabam nos libertando. Ele achou a ideia boa e, como eu, julga que devemos combinar minuciosamente cada passo. Disse-lhe que talvez pudéssemos fingir que, por passar tanto tempo aqui dentro, acabamos nos confundindo um com o outro. Assim, quando perguntarem meu nome, falo o dele, e ele, o meu. Depois, trocamos os endereços e, por fim, o jeito de falar. Começamos, inclusive, a ensaiar. Ele explicou-me direitinho o que gosta de fazer e onde estava quando o colocaram no carro. Contei-lhe que passei bastante tempo aqui dentro sem me mover, com medo de cair em algum buraco ou algo parecido. Fiquei aliviado ao descobrir que não sou só eu que tenho medo de altura. Embora talvez ele já soubesse, revelei que costumo roncar e, agora que ele está dormindo, percebo que transmiti perfeitamente a lição. Por falar nisso, lembrei que meu filho costumava ir ao lugar onde meu companheiro disse que fora preso. Meu Deus, será possível que trouxeram meu filho para cá, também? Só pode ser ele, porra!

17

Apenas quando me lembrei de sua atividade favorita, consegui convencê-lo de que não sou seu filho. Primeiro, descrevi meu rosto e, a partir de algumas dicas, fiz-lhe adivinhar o meu peso. Depois, contei alguns detalhes da minha vida que foram suficientes para que ele acertasse o curso que eu frequentava na universidade. No final, ele ficou feliz por ter certeza de que não sou seu filho e, também, porque mais uma vez pôde perceber que ainda consegue se comunicar muito bem. Evidentemente, depois que se acalmou, chamou-me para rezar. Obrigado, Senhor. Obrigado, Senhor. Por permitir que nossas famílias. Por permitir que nossas famílias. Continuem livres e em segurança. Continuem livres e em segurança. Graças ao Senhor, Senhor. Graças ao Senhor, Senhor. Estamos bem aqui dentro. Estamos bem aqui dentro. Fortes e lúcidos o suficiente. Fortes e lúcidos o suficiente. Para nos lembrarmos de Lhe agradecer. Para nos lembrarmos de Lhe agradecer. O pão de todo dia. O pão de todo dia. O abrigo e sobretudo. O abrigo e sobretudo. A esperança de, um dia. A esperança de, um dia. Voltarmos a reencontrar a família que. Voltarmos a reencontrar a família que. Por enquanto, confiamos ao Senhor. Por enquanto, confiamos ao Senhor. Amém. Amém. Um pouco depois, percebi que me esquecera de pedir que, logo, voltássemos a rever a luz do sol e, também, sentir calor. Pedi que meu filho não deixasse que eu, da próxima vez em que nos ajoelhássemos, me esquecesse disso. Imediatamente, sem paciência, ele me respondeu que não é meu filho, já tínhamos concluído isso. É verdade, acabei me distraindo ao orar. Claro que estou aliviado por saber que meu filho não está aqui comigo. No entanto, como perdi a conta e, agora, não sei mais há quanto tempo me colocaram esse capuz e me prenderam nesse maldito lugar, tenho medo de que o garoto, aí fora, esteja desorientado, fazendo amizades ruins ou, até, largando os estudos. Se ao menos eu pudesse enxergar, quem sabe conseguisse escrever um bilhete ou pedir uma informação para alguém. Melhor não, seria loucura: se perceberem que estou preocupado com minha família, podem usá-los para tentar me enlouquecer. Talvez seja melhor demonstrar descaso, deixar claro que não me preocupo nem um pouco com a minha mulher e os meus filhos. Vou dizer, quando me chamarem, que nunca mais quero ver minha família.

18

Certo, você tem razão, se eu disser isso, talvez achem que estou gostando e resolvam me esquecer aqui com esse capuz. Então, acho que realmente é melhor não mencionar nada sobre minha família. O que você acha que devo dizer para eles? Não sei se essa é a melhor ideia, andei pensando e, se realmente fingirmos que estamos loucos, eles podem se irritar e, furiosos, quem sabe nos joguem aqui de volta depois de nos dar uma surra. Também não quero apanhar, por isso acho melhor mudarmos de ideia. Não, não acredito que queiram nos matar. Não teriam nos deixado tanto tempo aqui apenas para isso. Ao contrário. Se quisessem, poderiam ter nos envenenado. Claro, de fato, não acredito que nos deixarão presos por muito mais tempo. Também detesto esse cheiro. No começo, não me incomodava, mas agora quase não consigo respirar sem que meu estômago embrulhe. Também estou exausto. Não, não é isso, não estou pensando em desistir. Sim, isso é verdade, mas ninguém vai nos ouvir. Não, não tenho a menor ideia. Não sei, mas acho que devemos estar preparados. É, fingir que estamos loucos pode ser pior. A verdade, talvez. Claro, aí eles não vão ficar nervosos. No mesmo dia, quem sabe. Ao menos nos tiram daqui. Também acho isso. Ninguém precisa saber. Deve ser igual. Também tenho medo, mas não vejo outra saída. É, acho que não vai demorar muito. É melhor, mesmo. Assim, não terão sequer do que desconfiar. Claro, nos tiram o capuz logo que formos chamados. Não, não se preocupe. E, não podemos irritá-los. Estamos mesmo, você tem razão. Não é nada disso. Claro. Tenho medo, sim, mas tenho certeza de que vai dar certo. Não, rapaz, você vai conseguir. Vamos. É isso mesmo. Também estou, também estou feliz.

19

Vou pedir para tomar banho antes de sair. Evidentemente, não vou poder trocar de roupa, mas espero que me deixem ao menos fazer a barba e tirar o suor do corpo. No início, eu não me preocupava, mas agora tenho me incomodado bastante com a imundície desse lugar. Já não vou até o oratório, pois a sujeira se espalhou por toda aquela parte. Na verdade, passo o dia aqui, sentado. Levanto-me para esticar um pouco as pernas, abro os braços e, às vezes, quando estou mais animado, faço alguns exercícios. Gosto mesmo de ficar conversando. Só agora percebo como é bom dividir a cela com alguém: o dia passa mais rápido com uma companhia. Nem sequer preciso contar as refeições para saber que é hora de deitar. Naturalmente, percebemos que a noite chegou. Além disso, fiquei muito tranquilo quando notei que ainda consigo me comunicar direito. Outro dia, meu companheiro perguntou por que não tentávamos tirar o capuz. Percebi que, até então, eu não tinha pensado nisso. Tentei ponderar, dizendo que, se estivessem nos observando, talvez fizessem alguma coisa pior conosco. Mas ele insistiu e acabei concordando. Com os dedos, procurei as pontas do cordão para tentar desatar o nó. Apalpei todo o pescoço e, surpreendentemente, não encontrei nada. Procurei, ainda, ver se conseguia passar a palma da mão por baixo do tecido, mas o capuz continuava bem preso. De fato, não havia como tirá-lo. Ficamos algum tempo em silêncio, até que subitamente me assustei ao pensar que, talvez, não conseguisse jamais tirar o capuz. Isso me aterrorizou. Passei muito tempo calado e imóvel, esperando que o peso no meu peito tomasse conta do resto do corpo. Pensei em parar de me mover e, simplesmente, continuar encolhido para sempre. Acho que acabei dormindo. Depois, comecei a pensar que tudo não passava de uma loucura: e se nunca tivessem colocado capuz nenhum? Claro, fiquei cego e, por não suportar o choque, fantasiei toda essa situação. Minha mulher, todo dia, me traz comida aqui na cama de casa. Finalmente movi os braços, pressionando-os contra o chão: eu estava no cimento. Passei as mãos pelo rosto e puxei o capuz. De fato, ele cobria mesmo a minha cabeça. Para ter certeza de que não se tratava da minha pele, repuxei o tecido várias vezes e senti o cabelo comprido. Levantei-me afoito e quase escorreguei na sujeira. Quando me acalmei, resolvi me sentar novamente, rezei um pouco e chamei meu amigo para conversar.

20

Mas ele não me respondeu. Resolvi deixá-lo dormir mais um pouco. Percebi que, ao contrário dos outros dias, não conseguia ouvir sequer sua respiração. Procurei-o por toda parte. Depois de apalpar o chão, tentei encontrá-lo entre a sujeira, mas não percebi qualquer sinal dele. Levaram-no durante a noite. Não sei há quanto tempo, um ou dois dias talvez. Sentei-me aqui para pensar e até agora não tive ânimo para levantar. Ouvi o barulho do prato, outro dia, mas, como não toquei na comida, acho que desistiram de me alimentar. Não tenho sentido fome. Passei muito tempo rezando, gritei, perguntei por que Deus resolveu fazer isso comigo, depois pedi desculpas, perdão, repeti dezenas de vezes o padre-nosso e fiz inúmeras promessas. Chamei meu amigo várias vezes, também. Agora, o que mais me perturba é esse meu silêncio horroroso. Às vezes, imagino paisagens coloridas, lugares agitados e cheios de tons fortes. Não quero saber se consigo ou não me comunicar, não me importo. Nem vou mais armar qualquer plano para quando vierem me chamar. Logo, chegará a minha vez. Não vou me levantar. Se quiserem, que me carreguem. Nem sequer vou firmar as pernas no chão. Tenho me sentido muito bem assim, aqui parado. Aliás, se minha voz não sair, melhor. Não quero mais incomodar ninguém.

Nota sobre os textos

"Evo Morales" foi publicado pela primeira vez em 2011 em uma edição particular não comercial feita pelo autor. Depois, saiu em espanhol, inglês e hebraico e atualmente está sendo traduzido para o japonês;

A primeira edição de "Dos nervos" saiu em 2004 pela editora Hedra. Posteriormente, integrou a coletânea *Anna O. e outras novelas*, publicada pela editora Globo em 2007. O texto foi traduzido para o espanhol;

O conto "Tólia" integrou o número 9 da versão brasileira da revista *Granta*, publicada no ano de 2012, e foi traduzido para o japonês;

O conto "Autoficção" é inédito;

"Fisiologia da memória" apareceu na edição de janeiro de 2011 de *Pernambuco*, suplemento de literatura do *Diário Oficial do Estado de Pernambuco*;

"Fisiologia do medo" circulou em 2010 em uma edição não comercial;

"Fisiologia da dor" circulou em 2010 em uma edição não comercial;

"Fisiologia da solidão" teve três edições no Brasil até agora: em 2009 circulou em uma plaquete de tiragem bastante reduzida e não comercial; no começo de 2010, em uma edição artesanal da Espectro Editorial, também não comercial; e, no final desse mesmo ano, apareceu no número 6 da versão brasileira da revista *Granta*. O texto foi traduzido para o espanhol e o alemão;

"Fisiologia da amizade" foi publicado, com o título de "O tom certo", no número 79 da revista *piauí*;

"Fisiologia da infância" foi publicado, com o título de "Carta ao governador", no número 70 da revista *piauí*;

No começo de 2014, o texto "Fisiologia da família", com o título "A casa do avô", foi publicado como um dos eventos de inauguração da ocupação *É logo ali*, um projeto do SESC-SP, unidade do Ipiranga;

O número 2 da edição brasileira da revista *Granta* publicou em 2008, pela primeira vez, o conto "Concentração";

"Anna O." foi publicado em 2005 na coletânea *A visita*, da editora Barracuda, e depois em 2007 no volume *Anna O. e outras novelas*;

"Diário de viagem" foi publicado antes em *Anna O. e outras novelas;*

"Capuz" foi publicado em 2001 em uma edição não comercial pela editora Hedra. Depois, em 2007, apareceu em *Anna O. e outras novelas*.

Este livro foi impresso
pela Lisgráfica para a
Editora Objetiva em
março de 2015.